庫

問答無用

流転の峠

稲葉　稔

徳間書店

目次

第一章　盗賊

一

夕日が山陰に隠れようとしている。

周囲の林からときおり蜩《ひぐらし》の声。しかし、それも一時ほどではない。夏はすっかり遠ざかりつつある。

白く乾いたなだらかな坂道を上る二人の男がいた。影が足許に長くのびている。

ひとりは深編笠を被《かぶ》った武士であった。手甲脚絆《てっこうきゃはん》に野袴《のばかま》、打裂羽織《ぶっさきばおり》、草鞋穿《わらじば》き、腰に大小を帯びている。一見旅人のようだが、振り分け荷物などはない。

もうひとりは、棒縞《ぼうじま》の着物を端折《はしょ》り、股引《ももひき》、草鞋穿きに手甲脚絆。菅《すげ》の一文字笠を被っていた。腰に大刀を落とし差しにしているが、脇差しは帯びていない。ただし、肩に小さな振り分け荷物をかけていた。

その男が、とっとっと坂を上りきり、一文字笠の庇《ひさし》をちょいと持ちあげて、

「旦那、もうすぐです」

と振り返った。男は不動前の三九郎《さんくろう》であった。

そして、遅れて坂の頂上に立ったのは、佐久間音次郎《さくまおとじろう》である。

音次郎は深編笠のなかにある目を、周囲に凝《こ》らした。日はもう沈み込もうとしている。街道はさらにその頂上からゆるやかに下っている。下り道はところどころ樹木に隠れているが、そのさらに下のほうに村が見える。

百姓家が点々と散らばり、夕靄《ゆうもや》のなかに炊煙《すいえん》が昇っていた。

「あそこであるか……」

音次郎は三九郎を見た。

「今夜はあの村で一休みです。あとのことはお藤《ふじ》がいろいろと教えてくれるはずですから。さあ、まいりましょう」

「うむ」

「今夜はうまい飯と酒です。女っ気のないのが玉に瑕《きず》ですが、へっへっへ……」

三九郎は剽軽《ひょうきん》にいって下り坂にかかった。

「泊まる宿は決まっているのか？」

音次郎は先を行く三九郎に声をかけた。そのとき、日が沈み、あたりが急に暗くなった。山の上にある雲に、日の名残《なごり》を感じるぐらいだ。

「宿ってほどのもんじゃありません。芳兵衛《よしべえ》という百姓の家です。人がよくて気持ちのいい男ですから、気兼《きが》ねなどいりやせん」

「村垣《むらがき》さんたちもそこに……」

「いえ、村垣の旦那はお藤がこなけりゃわかりませんで……」

坂道は曲がりくねりながら下り、やがて平坦な道になって小沢渡《こざわたり》という村に入った。かすかに潮の香りがする。海が近いのだ。浜松城下までほどないところである。

一方に黒い影となっている松林を、蕭々《しょうしょう》と風が吹きわたっていた。街道から外れた野路を辿《たど》り、やがて一軒の百姓家についた。近くに家はあるが、いずれも一町以上離れたところに建っている。

ココ、コッと、鶏の鳴き声のする庭を突っ切り、

「芳兵衛さん、ただいま帰ったぜ。いるのかい？」

と、戸口に立った三九郎が声をかけた。

とっぷり日は暮れているというのに、屋内に明かりがない。三九郎がおかしいなと、

小首をかしげて音次郎を振り返った。

「留守にしているはずはないんだがなぁ……」

そういった三九郎が、戸を引き開けた。土間《どま》は真っ暗だった。だが、そのとき音次郎は眉間にしわを刻んで、あたりに目を配った。血の臭いが屋内から漂ってきたのだ。

「三九郎、気をつけよ」

そう忠告したとき、三九郎はもう土間奥に向かっていた。

「おい、どうしたんだ。誰もいねえのか……」

音次郎も敷居をまたいで土間に入った。

そのときだった。右手の板の間に黒い影が現れ、息もつかせぬ勢いで白刃《はくじん》を閃《ひらめ》かせたのだ。音次郎はとっさに、身を引き、脇差を抜いて、背後の土壁《つちかべ》まで下がった。大刀は柄袋《つかぶくろ》をかけてあり、抜く暇がなかったのである。

曲者《くせもの》は間髪を容《い》れず、撃ちかかってきた。音次郎は右に逃げて、相手の体が泳いだところで、脇差しを撃ち下ろした。

「ぐっ……」

左二の腕を斬られた相手は片膝をついた。刀を右手に持ち替えて反撃を試みようとしたが、音次郎の脇差しが再度うなりをあげて、相手の眉間《みけん》を断ち斬った。

「ぎゃあー」

相手は悲鳴をあげて、その場に倒れた。

その刹那《せつな》、音次郎は相手の刀を奪い取り、脇差しを鞘《さや》に納めた。それはまばたきもできぬ一瞬のことであった。隙を見たりと思ったのか、新たな敵が背後から撃ちかかってきたが、音次郎の動きが速かった。

素早く半身をひねってかわすと、刀を腰間《ようかん》からすくいあげるように、相手を逆袈裟《ぎゃくげさ》に斬ったのである。

「うぐっ……」

相手は刀を杖《つえ》にして持ち堪《こた》えようとしたが、それまでのことであった。

二人を斬った音次郎は闇のなかに目を凝らした。三九郎がひとりの男の土手っ腹に、刀を突き入れたところだった。

そこへ、もうひとりの敵が襲いかかろうとしていた。音次郎は手にしていた大刀を投げた。刀は張られた一本の糸に導かれるように、切っ先で風を切り、三九郎を斬りつけようとしている男の胸に突き刺さった。

「ぐふぉっ……」

男はそのまま体を半回転させて、どさりと倒れた。

「三九郎、無事であるか」

音次郎は肩で息をしながら声をかけると、急いで大刀の柄袋を外し、新たな敵に備えた。

「大丈夫です」

三九郎も荒い息をしていた。

そのまま二人は周囲に警戒の目を光らせ、耳をすませた。

風の音がするぐらいで、人の気配は感じられなかった。

「三九郎、火を」

「へい」

二

燭台に点《とも》された灯が、屋内を赤々と照らした。

百姓家はどこもそうだが、天井が高い。戸口を入った右の板の間に炉《ろ》が切ってあり、奥に畳敷きの寝間が二つあった。そして土間奥に炊事場。炊事場の隣に、やはり板の間の居間がひとつ。

三九郎のいう芳兵衛という男の姿はなかった。

「芳兵衛は独《ひと》り暮らしなのか？」

音次郎は屋内をひとわたり眺めてから聞いた。

「いいえ、女房と若い娘がひとりいます」

音次郎はそのまま土間に倒れている男のそばに行って襟首《えりくび》をつかんだ。すでに事切れていた。もうひとりの様子を見たが、それも同じだった。

あとの二人も、すでに息をしていなかった。殺さず棟打《むねう》ちにしておけばよかったと思ったが、あとの祭りである。これでは相手が何者だったのかわからない。

チッと舌打ちをして、表に出た。

「三九郎、提灯《ちょうちん》はないか」

「いま持って行きます」

空に幾千の星がまたたいていた。

涼しい風が吹き渡っている。

音次郎は周囲の闇に目を凝らす。新たな敵がひそんでいればことである。しかし、その様子はない。三九郎が提灯を持ってきた。

そのまま二人で家のまわりを見て歩いた。と、裏庭にある枇杷《びわ》の根方《ねかた》に、ひとりの男が脚を投げ出して死んでいた。首をがっくりうなだれ、腹から流れ出た血が股間にたまっていた。

「……芳兵衛です」

三九郎がふるえるような声でつぶやいた。

音次郎はそばにある納屋《なや》に目をつけ、その戸を引き開けた。とたん、目をそむけたくなった。いや、実際、顔をしかめてそむけたのだ。

身ぐるみ剝《は》がれた女が二人、筵《むしろ》の上で死んでいた。提灯の明かりを受ける白い裸身には、血の跡がある。

「ひどいことを……」

音次郎は首を横に振って、三九郎を見た。

三九郎は驚愕《きょうがく》したように目を見開いていた。

「芳兵衛の女房と娘では……」

「そうです。なんてことだ。こんなむごいことをしやがって……」

三九郎は空いている手を握りしめて、そばの板壁をたたいた。

二人で死体の始末をして、居間に腰を据えた。

「いったいどうなっているのだ?」

音次郎は静かに三九郎を眺めた。

「そんなこと聞かれたって、あっしに答えられるわけがないでしょう」

「おまえたちが追っている賊《ぞく》だったのだろうか？」

「……それもわかりません」

三九郎は力なく首を振る。

音次郎は壁の一点を見つめた。もし、追っている賊ならば、芳兵衛の口から三九郎たちのことを聞きだしているかもしれない。そうであれば、この家にいるのは得策ではない。賊は自分たちの帰りを待ち受けていたのだ。

「三九郎、この家を出る」

「しかし、お藤はここに来ることになっています」

「始末した賊の仲間があとでやって来たらいかがする。穏やかにはすまぬはずだ」

「それじゃ……」

「この家を見張れるような場所に身をひそめるか、それともこの家に居座り、新たな賊がやってくるのを待ち受けるか、いずれかしかない。どっちが無難であるか、考えるまでもなかろう。それに、さっきのことを賊の仲間が見ていたかもしれないのだ」

「さっきの賊は四人だけではなかったと……」

三九郎がこわばった顔を振り向けてきた。

「四人だけだったとはいい切れぬはずだ」

「それじゃ食い物と水を持って、近くの山にひそみますか」

「明日いっぱい様子を見れば、おおむねわかるはずだ」

音次郎は腰をあげると、家のなかにある食い物の物色にかかった。

三

その日から五日前——。

白須賀宿《しらすかじゅく》の外れにある家で、音次郎ときぬは静かに暮らしていた。

音次郎が金沢で役目を終えて帰ってからは、とくに騒ぎもなく、また近くの宿場でもこれといった問題はなかった。

きぬは白須賀の土地を気に入っており、また近隣の者たちとも親しくなっていた。江戸で出会ったときに比べると、表情も声も明るくなっていた。日に日に伸びやかになっているといっても過言ではなかった。

ただ、音次郎が役目のために家をあけるときには、心配でたまらないという顔をするが、いっしょにいるときはほんとうに安心しきっている。

「きぬ、今夜は久しぶりに鰻《うなぎ》でも食べようか」

その朝、音次郎はふと思いついていった。庭で洗濯ものを干していたきぬは、くるりと振り返った。明るい日射しにさらされた顔に嬉しそうな笑みを浮かべ、

「それじゃ旦那さん、わたしもお供したいです。いっしょに買いに行きましょうよ」

と、せがむようにいった。

「よかろう。きぬの仕事が終わったら行くことにしよう」

家から街道に出て、汐見坂《しおみざか》を下り一里ほど行くと、関所のある新居宿《あらいじゅく》である。宿手前に音次郎が贔屓《ひいき》にしている鰻屋があった。そこは鰻飯も食わせるが、活きのいい鰻をわけてもくれる。

「風が涼しくなりましたね」

汐見坂を下りながらきぬが気持ちよさそうな顔でいう。

たしかに海風が涼しかった。遠くに富士が霞んでおり、眼下に青くきらめく海が広がっていた。

「もう夏は終わりだ。蜩の声も日に日に少なくなっている」

「秋は少し淋しくなります。夏の暑さは堪《こた》えますが、なんとなく名残惜しいのはどう

したことでしょう」

「そうだな」

「きぬは春から夏にかけての日和《ひより》が一番好きです」

「うむ、そうだな」

「旦那さん」

「ん」

「そうだな、そうだなばかりいわないで、ちゃんと答えてくださいな」

きぬはちょいとむくれた顔をした。

その表情が少女のように愛らしい。音次郎より一回りほど若いが、もう二十四になるはずだった。それでも肌のつやは十代の若さを保っていた。日に焼けにくい色白肌は、夏の強い日射しを浴びても、火照ったように赤くなるだけだった。

「わたしも春先から夏にかけてが好きだ。きぬと同じように秋はもの悲しくなる。きぬ」

「はい」

「少し太ったか……」

きぬは目をまるくして、小首をかしげた。

「そう見えますか？」

「うむ、とくにこのあたりに肉がついたように思う」

「きゃあ」

きぬは、尻を触った音次郎の手を打ち払った。

「旦那さんたら……」

「やはり少し肉がついたようだ」

音次郎は嬉しそうに微笑《ほほえ》んだ。

「いけませんか……」

「痩《や》せるよりは肉のついたほうがよい」

きぬはひょいと肩をすくめて、音次郎の手を取って引いた。

「早くまいりましょう」

音次郎はうむうむとうなずきながら、きぬに手を引かれて坂を下った。二人は白須賀の宿で、仲のよい夫婦だと評判になっている。

命を救われ牢屋敷《ろうやしき》から出されて久しい。

かつては囚獄《しゅうごく》（牢屋奉行）・石出帯刀《いしでたてわき》から密命を受けて、江戸においてはたらいていたが、あのころは戦々恐々としていた。

何しろ音次郎は死んだことになっているのだから、世間に身をさらしてはならなかった。とくに自分のことを知っている者に会うのは言語道断だった。そのためにどれほどの神経をすり減らしたことだろうか。

きぬも同様に命を救われて、牢屋敷から出された女だった。もともと罪をなすりつけられて牢送りになった身の上であったが、死罪が決まっていた。ところが、牢から解き放たれた音次郎の世話をすることになった。

それが、一命を取り留めた二人の、運命的な出会いとなっていた。以来、同じ屋根の下で過ごすうちに、二人は夫婦同然になった。

やがて、江戸での使命が終わり、囚獄からの命も受けなくてよくなった。ただし江戸にいることはできないので、遠国に移り住むことになったのだ。

二人がようやく腰を落ち着けたのが白須賀宿だった。

ただし、音次郎は新たな使命を受けることになった。それは将軍の密偵となって動くお庭番の補佐役だった。

これは特殊な役目で、お庭番の助っ人はするが、お庭番と同じ動きをするのではなかった。音次郎に指図をするお庭番は、諸国の大名家の動きに目を光らせ、それを調べて将軍に報告するのが役目である。

だが、その地に公儀に背く者がいるとわかれば、見過ごすことはできない。音次郎はその始末を独自にしなければならなかった。

新居宿につくと、茶店で一休みをした。街道を行き交う人は江戸ほど多くない。もっとも参勤交代のおりには、宿場は騒然とするが、そうでないときは、のんびりした風情が漂う田舎《いなか》である。

旅をする巡礼の親子や大きな荷物を背負った行商人が目立つぐらいで、あとは近隣の者たちが馬を引いたり、あるいは大八車を押していた。

茶を飲み、饅頭《まんじゅう》を食べてから、鰻を仕入れた。手ごろな大きさで脂の乗りがよいということだった。

求めた鰻を桶に入れて持ち帰ると、早速音次郎がさばき、きぬが料理をつとめた。

その夜、蒲焼きにしてタレをかけ、酒の肴《さかな》にした。

きぬは肝吸いも忘れずに作ってくれた。

「もし、旦那さんの仕事がなくなればどうなるんでしょう」

そんなことをきぬがいった。

開け放した縁側から涼しい風が吹き込んでいた。行灯《あんどん》の明かりを片頬に受けるきぬは、どこかもの憂い顔をしていた。

「……そんなことは考えないほうがいい」

「なぜです？」

「命拾いをしているのだ。これ以上の幸せを求めてはならぬ」

音次郎は自分を戒めるようにいったが、じつのところきぬと同じことをしばしば考えているのだった。だが、考えるたびにむなしいことだと、胸の内で打ち消していた。

「わたしは安心した暮らしができますけれど、それはこうやって旦那さんがそばにいらっしゃるときだけです。旦那さんが役目を仰せつかってどこかへ行かれると、今度も無事に帰ってみえるだろうかと、そのことばかり考えているんです」

「………」

返す言葉のない音次郎は黙って酒を飲んだ。

「いつも危ない目にあわれているのはわかっています。きぬは、そんな役目がいつか終わってほしいと祈らずにはいられません」

「気苦労をかけてすまぬ。しかし、こればかりはいかんともしがたいのだ。きぬとてわかっていることではないか」

「わかってはいますが……」

きぬは悲しそうな顔になってうつむいた。

「いつか……」

　音次郎がつぶやくと、はっときぬが顔をあげた。

「なんでしょう?」

「そんなときが来るかもしれぬ」

　きぬはその言葉に期待を持ったのか、

「そうですね。そう思うしかありませんものね。でも、きぬはきっとそんな日が来るような気がしてなりません」

　と、明るい顔に戻った。

　ところが、その顔は翌日の昼前に曇ることになった。

　三九郎が役目を携えて音次郎を訪ねてきたからだった。

四

　音次郎と三九郎は、芳兵衛の家を見張ることのできる林のなかに身をひそめていた。

　空には星が広がっているが、周囲の闇は深い。ときおり山奥から梟《ふくろう》の声が聞こえていた。

芳兵衛の家にはわざと明かりを点してあるので、板戸の隙間や節穴からその明かりが漏れている。

「もし、さっきの者たちが賊の一味なら、こちらの動きを知られていることになる」

音次郎は竹筒の水を口に含んだ。

「そりゃないと思うんです。そんなことがあれば、おれやお藤のことを賊は知っていることになります。ですが、おれたちのことはやつらは決して知らないはずなんです」

「…………」

音次郎はじっと芳兵衛の家に目を注いだ。頭のなかでいろんなことを考えていた。

三九郎の言葉を信じたいが、捕縛しようとしている賊はその辺のこそ泥とは違う、大盗賊一味だった。どこに密偵を放っているかわからないし、狡猾《こうかつ》で用心深く、用意周到だと考えなければならない。最悪、公儀のなかに抱き込まれている役人がいるかもしれない。それは十分考えられることだった。

「……黒蟻《くろあり》の勇蔵《ゆうぞう》か……」

音次郎は賊一味の首領の名をつぶやいた。

黒蟻の勇蔵の名がわかったのは、七日前のことだった。それは一味のひとりが品川で火盗改《かとうあらた》め（火付盗賊改方《ひつけとうぞくあらためがた》）に捕縛されたことで、露見したのだった。

捕縛されたのは、友右衛門《ともえもん》という元植木職人で勇蔵の手下だった。友右衛門は六十近い老人だったが、これがしぶとい男でなかなか口を割らなかった。

しかし、火盗改めの調べは町奉行所の与力・同心ほどやわではない。そのことは江戸の者なら誰でも聞き知っていることで、取り調《とりしら》べ時の拷問で死に至らしめることもめずらしくなく、捕縛した現場で斬り捨てることもあった。その荒っぽさはたびたび戒《いまし》められたが、相手は悪のかぎりを尽くした者が多く、不問にされるのが常だった。

友右衛門は老獪《ろうかい》な男ではあったが、さすがに火盗改めの拷問には耐えきれず、

「もうやめてくれ。骨がつぶれる」

と泣き言をもらした。

そのとき、友右衛門は石抱きの拷問にあっていた。

後ろ手に縛られ正座をさせられた友右衛門の膝の下には、十露盤板《そろばんいた》（三角形の材木五本を並べた板）が敷かれていた。膝の上には、目方十三貫の伊豆石が載せられている。

「さァ、どうだ白状せぬか。さァ、どうだ、どうだ」

取調役の同心は一枚で白状しなければ、二枚三枚と重ねてゆく。

十露盤板が脛《すね》に食い込み、骨まで達しようとする。たいていの罪人は、五枚程度で音をあげるが、友右衛門は八枚まで耐えた。

しかし、顔面は蒼白となっており、口と鼻から泡を吐いていた。

「誰が指図をしている、申さぬかッ」

友右衛門は訊問をつづける同心に、声もなくうんうんとうなずき、気を失ってしまったが、水をかけられて、

「黒蟻の勇蔵だ。頭《かしら》は……黒蟻……」

といったまま今度こそ気絶してしまった。伊豆石を下ろしたとき、友右衛門の脛にあたっていた十露盤板は、骨まで食い込んでいたらしい。

では、黒蟻の勇蔵とその一味は、いったい何をしでかしたのか。それはさらに日を遡《さかのぼ》らなければならない。

それは七月半ばのことであった。

麻布《あざぶ》三軒家《さんげんや》町の自身番詰めの番人二人が夜の見廻りに出ると、笄《こうがい》橋そばから薄い煙が昇っていた。火事の少ない秋口のことだから、二人の番人はどこかの家で七輪でも焚《た》いているのだろうと思った。

こんな夜更《よふ》けに火を熾《おこ》しやがってと、取りあわなかった。

ところが半町も歩かぬうちに、尋常でない犬の吠え声がした。それは笄橋のほうだった。振り返った二人は、一瞬にして驚愕した。わずかな時間しかたっていないのに、火の手が上がっていたのだ。

それからは大変な騒ぎとなった。その夜は南西の風が強く、火の粉があっという間に飛び散り、麻布三軒家町から桜田町へ広がり、陸奥《むつ》国白河《しらかわ》の松平《まつだいら》家下屋敷に飛火し、さらに勢いをつけて赤坂、麴《こう》町《じ》、番町、飯田町、小川町まで達した。

静かだった江戸の町に半鐘の音がひびき、黒煙が空を覆い、火消《ひけし》人足たちの怒声があちこちであがった。

火事は、翌早朝には鎮火したが、騒ぎはそれで終わりではなかった。

火元の笄橋からほどないところにある松平家下屋敷が大きな騒ぎになったのだ。なんと、屋敷の金蔵が破られたのである。

しかし、この騒ぎは極力表沙汰にならないようにつとめられた。老中筆頭にあった松平越中守定信《えっちゅうのかみさだのぶ》の屋敷で起きたことであったからだ。定信はその火事の少し前に、老中職解任を命じられており、いらぬ騒ぎを起こしてはならなかった。そして、その二日後に将軍補佐と老中をお役御免となった。

下屋敷の金蔵が破られたことは、極秘裏に調べられ、盗まれた金高が五千両以上であることがたしかめられると、定信は烈火のごとく激怒し、賊一味捕縛の命を発した。定信は老中を罷免《ひめん》されたとはいえ、白河松平家十一万石の当主である。さらに幕閣にも隠然たる影響力を持っていたし、白河松平家の財政再建に取りかかろうとしていた矢先の出来事だったので、その狂態に近習の者たちは逃げ出したという。

盗賊一味捕縛の命は、町奉行所と火盗改めに出され、江戸には厳戒態勢が敷かれた。それが功を奏して、友右衛門という男が捕縛されたのだった。

結果、賊は黒蟻の勇蔵一味だとわかったが、一味はすでに江戸を離れていた。そこで賊探索は火盗改めにくわえて御先手組《おさきてぐみ》からも助っ人が出された。これに徒目付《かちめつけ》がくわわり、さらに将軍家斉《いえなり》が、

「越中守が難儀しておる。わしも指をくわえて見てるわけにゆかぬし、越中守はわしを疑っておるかもしれぬ。世話になった越中守だ。手を差しのべずにはおけまい」

定信を罷免した手前があり、そうやってお庭番を放ったのである。

お庭番は通称であり、正しくは御庭之者《おにわのもの》という。差配する頭《かしら》や上役はいない。つまり、これは将軍直属の役目だからである。その使命は、本来は諸大名の動静に目を光らせる隠密御用にある。しかし、今回は少し毛色の変わった役目となっていた。

その役目を与《あずか》ったのが、三九郎を手先として使っている村垣重秀《しげひで》だったのである。

「お藤がやってくるのは今夜なのか明日なのか……」

芳兵衛の家を見張っている音次郎は、三九郎に顔を向けた。

「さあ、もうこんな遅くになりましたから、早くても明日の朝になるんじゃないでしょうか」

応じた三九郎はにぎり飯の残りに口をつけた。

「賊は越中守を憎む大名の息がかかりかもしれないといったな」

音次郎は言葉を継いだ。

「へえ、村垣の旦那はそんなことをいっておりました」

「ふむ……」

音次郎は小さく嘆息して遠くの闇を凝視した。

松平定信は寛政《かんせい》の改革を断行し、幕政の再建にあたっていたが、反目《はんもく》する諸大名も少なくなかった。老中を罷免させられたのも、背後に失脚工作をした大名がいたという噂が少なからずあった。もし、それら大名が賊にからんでいるとなれば、大変なことである。お庭番動員にはそんな背景もあるのだった。

「三九郎、これからは交替で見張ることにいたそう。いざという場合に備え、体を休めておくべきだ」

「それなら旦那が先に休んでください。おれは、まだ眠くありませんので……」

「さようか、では……」

音次郎は三九郎の言葉に甘えて、茣蓙《ござ》に身を横たえた。

頭上を覆う枝葉の向こうに夜空が見える。

秋口なのでさほど冷え込みは強くないが、用心のために芳兵衛の家から掻巻《かいま》きを持ってきていた。冷えてきたらそれを被ればよかった。

……黒蟻の勇蔵。

音次郎は胸中でつぶやいてから目を閉じた。

五

浜松城大手門前から十七町ほど北へ行った宿境《しゅくさかい》に追分《おいわけ》村がある。

黒蟻の勇蔵はその村外れにある一軒の百姓家でくつろいでいた。街道から脇に入った奥で、人目につきにくい山の麓であった。

板敷きの居間に炉が切ってあり、自在鉤《じざいかぎ》にかけられた鉄瓶の口が湯気を噴いていた。

勇蔵は肉づきのよい小柄な男で、眉と目尻の下がった愛嬌のある顔つきをしていた。もっとも目には、修羅場を幾度もかいくぐった盗賊の鋭さがあるが、正体を知らない人前では、穏便な男だった。

だが、勇蔵はいつになく焦りを覚えていた。それはこれまでにないことだった。

「あの屋敷を襲ったのが運の尽きだったか……」

と、胸の内で舌打ちをするほどだ。焦燥《しょうそう》は募っていた。

「遅いじゃないか……」

それまで沈黙を保っていた勇蔵がつぶやいたので、まわりにいた男たちがビクッと顔をあげた。いまその百姓家には五人の男たちがいた。

「じきに帰ってくるでしょう」

いうのは茶碗酒を舐めている留之助《とめのすけ》という手下だった。まだ二十代前半の若造だ。

「それにしても遅すぎる」

勇蔵は苛立《いらだ》ちの声を重ねた。

「誰か表道まで行って見てくるんだ」

金次郎《きんじろう》という男が、「それならあっしが」といって立ちあがった。ひょっとすると、息苦しい空気を嫌って名乗ったのかもしれない。

勇蔵は相手の心を読むことに長《た》けている。長年裏切り裏切られしてきたなかで、自ずと読心術を身につけているのだ。

金次郎が家を出てゆくと、勇蔵は炉のまわりにいる男たちを順繰《じゅんぐ》りに眺めていった。

留之助、重太郎《しげたろう》、弁蔵《べんぞう》、そして用心棒役の小堺仁左衛門《こさかいにざえもん》。

仁左衛門だけが大小を帯びている。人を何人も斬った浪人である。色白だから紅唇が妙に目立つ男だった。

「重太郎、どう思う？」

勇蔵は番頭役に声をかけた。重太郎は交渉ごともうまく、明晰な知恵をはたらかせる。勇蔵がもっとも信頼をおいている腹心だった。

重太郎は思慮深い目を、炉のなかの炎に注いだままで、すぐには答えなかった。薪がぱちっと爆《は》ぜ、燭台の炎が、隙間風にふらりと揺れた。

重太郎が重い口を開いたのはそのときだった。

「様子を見に行った者たちの話を聞かなければなんともいえません」

勇蔵は少しの間を置いてから、

「やはり、そうだろうな」

と応じた。

「おれは東海道を上ったほうがいいと思います」

いったのは錠前破りの弁蔵だった。干し柿のように色が黒くてしわの多い男だった。

「おれもそうしてえさ。だが、まさかここまで追いつめられるとは思わなかったから、往生してるんじゃねえか」

「不用心に東海道を上ったら、新居の関所でお縄ってこともある。そんなことになったらいままでの苦労が水の泡だ」

重太郎が弁蔵を諭《さと》すようにいった。

新居の関所は、箱根の関所同様に厳しい取り締まりをすることで有名であった。

勇蔵が浜松で足を止めているのにはわけがあった。

まず、品川で元植木職人の友右衛門が火盗改めに捕縛されたことがひとつである。

これは勇蔵たちが神奈川宿を過ぎたときにわかったことだった。

しかし、友右衛門は勇蔵たちがどこへ行くか知らなかった。

「なに、捕まったところで、おれたちの行き先など知れることはない」

そう高《たか》をくったが、小田原宿に入ったところで、予期しないことが起きた。

仲間の泊まっていた旅籠《はたご》が手入れされ、四人が捕縛されたのだ。勇蔵たちは別の旅籠にいたから難を免《まぬか》れたが、そこから箱根を越えるのが大変だった。

小田原で捕まった仲間は、勇蔵たちがどこへ向かうか知っていたし、松平越中守定信の下屋敷をいかにして襲撃したかの計画も知っていた。

勇蔵は小田原で半分あきらめの境地になった。

——おれの長い盗賊暮らしもこれで終わりかもしれねえ。

だが、まだ自分に運があるなら、いまから箱根の関所を越えることができるのではないかと思い、大きな賭けに出た。

小田原を発ったのは、四人の仲間が捕まったという知らせを聞いてすぐのことだった。身の振り方が早いのは、常に追われているという盗人の習性だった。

果たして勇蔵たちは運良く箱根の関所を通過することができた。しかし、安心できたのはそこまでで、ほどなく行ったところで捕り方たちが追いかけてきた。

「散り散りになって逃げるのだ。無事に逃げたら大社《たいしゃ》裏の隠れ家で落ち合おう」

勇蔵は仲間に声をかけ、用心棒の小堺仁左衛門と番頭役の重太郎を連れて街道脇の山に分け入り、命からがら三島まで逃げた。

しかし、大社裏の隠れ家には行かなかった。「大社」というのは、三島大社のことである。三島についた勇蔵と連れの二人は、宿場の中ほどにある不二楼という旅籠に入った。

そこで静かに息を殺したように一晩、もう一晩過ごして旅籠を出た。

三島には別の仲間がいて、大社裏の隠れ家に使いを出した。案の定、その隠れ家は捕り方によって包囲されていた。

勇蔵は仲間はすべて捕まったのだと思い、合流するのをあきらめ、沼津へ足を急がせた。沼津には江戸からまわってくる船があった。その船に越中守下屋敷から盗んだ金の大半が積まれていた。

すでにその船は到着しており、無事金を手にすることができた。これで一安心かと思ったが、箱根から逃げのびてきた仲間四人が合流した。このとき、勇蔵を入れた仲間は十二人だった。当初の予定では、沼津で金を分けて別れるはずだったが、

「お頭、捕り方はまだ追ってきています。じっとしてりゃどうなるかわかりませんよ」

と、箱根から逃げてきたひとりが緊張の面持ちでいった。

「どういうことだ？」

「おれたちを追ってるのは火盗改めだけじゃないようです」

「なんだと」

「火盗改めにしちゃ人が多すぎます。そりゃ盗んだ金高を考えりゃ無理もないでしょうが、火盗改めだとしたら、いくら多くても十人はいないはずです」

「小田原の町方が助《すけ》になっているんじゃねえのか」

「いいえ、公儀目付や江戸の町方もいるようなんです」

勇蔵は遠い目になって考えた。

押し入ったのは、筆頭老中職にあった大名家の下屋敷である。公儀目付が動いてもおかしくはないだろうと考えた。しかし、箱根の山を越えてまで追ってくるとは予測していなかった。この辺は算盤《そろばん》違いだった。

「……こうなったら逃げるばかりじゃしょうがねえ。相手のことを探ってやろうじゃねえか」

勇蔵を入れた十二人の男たちは、二人、あるいは三人という具合に組んで、それぞれに街道を西へ進んでいった。行商人や旅人に変装しているので、追っ手が勇蔵たちを特定するのは難しいはずだった。

しかし、追っ手は思いの外手回しがよかった。小田原や箱根関所を越えたところで捕まった仲間から、勇蔵たちのことを詳しく聞き出し、人相書きを各宿場に配っていたのだ。

「とんでもねえことになっちまった」

人相書きが配られているのを知った勇蔵の顔から血の気が引いた。

しかし、何がなんでも逃げのびなければならなかった。一世一代の大仕事をやってのけたのだ。捕まっては、これまで苦労してきたことが無駄になる。

重太郎も考えることは同じらしく、

「お頭、一生遊んで暮らせる大金を手にしたんです。このまま捕まってたまるもんですか。みんなの知恵をあわせりゃなんとかなるはずです。いやそうしなきゃなりません」

と、目に力を入れていった。

「もとより捕まるつもりはねえさ。だが、ここで下手に動くのは賢くねえ。しばらく様子を見ようじゃねえか」

そのとき、勇蔵たちは浜松宿に入っていた。

そして、その翌日、追っ手のひとりをうまく見つけて、反対に締めあげてやった。

その男は火盗改めの同心で、勇蔵たちの拷問に耐えられず、

「おれを殺したところで、おまえたちは逃げられぬ。だが、心して聞け。おまえたちを追っているのは火盗改めもいるが、公儀お使いの目付も御先手組もいる。さらには

将軍の命をじかに受けている公儀お庭番もいるのだ。おまえたちの逃げ道は、断たれているも同然だ。観念して……」

言葉が途切れたのは、忌々《いまいま》しくなった勇蔵が心の臓をひと突きしたからだった。

パチパチッと炉のなかの火が爆ぜた。

そのことで勇蔵はそれまでの回想を中断して、我に返った。

そのとき、戸口の戸が開き、ひとりの手下が飛び込んできた。

「お頭、姫街道《ひめかいどう》は上れません」

六

「どういうことだ？」

勇蔵は顔中に汗を噴き出している手下を見つめた。この男は豆粒の久兵衛《きゅうべえ》という男で、気賀宿《きがしゅく》を探りに行って帰ってきたのだった。

東海道は浜松で姫街道に通じる分岐点にもなっている。山側の道を辿《たど》れば、厳しい関所を通らずにすむ。

　勇蔵は新居の関所を越えるのが難しいなら、浜松宿から北へ四里八町ほどいった姫街道にある気賀宿から西に向かおうと考えていた。

「気賀宿には捕り方がうろついています。宿場に入ろうにも入れません。それにやつらのなかには、旅人や商人に化《ば》けているのもいます」

「……化けているだと」

「へえ、どこに目があるかわかりません。人相書きも配られていますし、のこのこ宿場に入ろうものなら、あっという間に捕まっちまうでしょう」

「捕り方は何人もいるのか？」

「数はわかりませんが、あっしが探ったところ二十人は下らないはずです」

「二十人……」

　つぶやいた勇蔵は、ため息を漏らした。

「こうなったらお頭、関所破りをするしかありませんぜ」

　目を光らせて意気込むのは留之助だった。

　だが、勇蔵は取りあわなかった。

　関所破りは最後の手段である。何か活路はあるはずだ。

「ここで慌てるのは得策じゃねえ。みんな知恵をはたらかせるんだ。抜け道は必ずある」

みんなは深刻な顔をうつむけた。勇蔵も囲炉裏のなかの火を見つめた。

そこへ、表を見に行っていた金次郎が、〝八本指の熊五郎《くまごろう》〟といっしょに戻ってきた。

熊五郎は鎖鎌《くさりがま》を器用に操《あやつ》る大男だった。

勇蔵は熊五郎をじろりと見た。

「仲間はどうした？」

「それが妙なことになっちまって……」

勇蔵は眉根をよせた。

「妙なって、どういうことだ？」

「城下で御先手組のひとりを捕まえたんです。そこまではよかったんですが……」

熊五郎は腰の後ろに差している鎖鎌をジャラッといわせて、板敷きの間に座り込んだ。左右の指が一本ずつ欠けているので、八本指というあだ名がつけられていた。

勇蔵は熊五郎のつぎの言葉を待った。

「その御先手組の野郎を締めあげると、捕り方の隠れ家を教えてくれました。小沢渡村の芳兵衛という百姓の家がそうでした。おれはその家に仲間を送り込んで、舞坂《まいさか》に様子を見に行ったんです」

舞坂は浜松から二里三十町行った宿場である。つぎの新居宿へは渡し舟を使って渡る。

「それで、どうした？」

「へえ、新居の関所の様子を見ようと思い渡船場《とせんば》に行ったんですが、そこで人相書きのことを思い出しまして、足を止めたんです。ちょいと茶をくれねえか」

熊五郎は金次郎にいいつけて、茶に口をつけた。勇蔵はその様子を見ながら、賢明なことだと胸の内で思った。

舞坂から渡船に乗って新居に行くのは危険だ。新居の渡船場は関所構内にある。手配されている者が舟に乗れば、船頭や舟着場の人足たちに気づかれる恐れがあった。

「それでどうした」

勇蔵は先を促した。

「舟をやめ浜名湖を大回りして新居を見に行ったんです。すると、何てことありません。関所役人はいつものようにいますが、江戸から追ってきたようなやつは見あたらないんです。どこかに隠れてるかもしれねえと思い、半日ばかり粘って見張ったんですが、やっぱりその様子はありません」

「それじゃ新居の関所を越えましょう」

勇んだ顔で身を乗り出したのは留之助だった。

「やい留公、ちょいと黙ってろ。てめえは思慮が浅くていけねえ。べらぼうめ」

勇蔵に叱責《しっせき》された留之助は、亀のように首を引っ込めた。

熊五郎が話をつづけた。

「新居の関所は越えられるんじゃねえかと思って、さっき話した芳兵衛の家に戻ったんですが、誰もいねえんです」

「いないだと……」

「へえ、芳兵衛もいねえし、家はもぬけの殻です。こりゃあ、お頭んとこに戻ったんだなと思って急いでこっちへ帰ってきたら金次郎が、他の仲間はまだ戻ってないといいやがるから……」

「それじゃやつらはどこへ行ったんだ？」

勇蔵は仲間を順繰りに眺めた。みんな狐《きつね》につままれたような顔をしていた。

「分け前はまだ渡していないんで、やつらは小遣いぐらいしか持っちゃいません」

いったのは重太郎だった。

「おかしいな……」

勇蔵は煙管《きせる》をつかんで、口にくわえた。吸い口を舐め、囲炉裏《いろり》の炎を凝視する。

熊五郎と動いていたのは四人だ。みんな欲深い男たちだから、金を手にしないで行方をくらますのはおかしい。

「まさか、捕り方に捕まったんじゃ……」

勇蔵が思ったことを、弁蔵が代弁するようにつぶやいた。

「……ここであれこれ考えてもいたしかたなかろう。今夜一晩様子を見て、明日の朝もう一度、その芳兵衛という百姓の家を探りに行ったらどうだ」

それまで黙っていた小堺仁左衛門が、板壁に背中を預けていった。

勇蔵は仁左衛門を眺めて、

「よし、そうしよう」

といった。

七

夜が白々と明けようとしている。東の空に浮かぶ雲が、黄色くにじみはじめている。林のなかで、鳥の声がわきはじめてもいた。

音次郎は目を手の甲でこすって、芳兵衛の家を眺めた。古びた藁葺《わらぶ》きの家は、うっすらとした霧に包まれている。

「起きろ。朝だ」

音次郎は隣の莫蓙でまるくなって寝ている三九郎を揺り起こした。

「誰も来ませんでしたか……」

「うむ」

だが、二人は昨夜、熊五郎が来たことに気づいていなかった。二人が見張りをつづけている場所からは、芳兵衛の家の表口と庭は望めるが、裏は見えない。熊五郎は家の裏から入っていたのだ。そして庭にはまわってこなかったのである。

「どうします？　芳兵衛一家を殺したのは、賊じゃなかったのでは……」

「それじゃ誰がやったという」

「……それは」

三九郎は首をかしげた。それから眠い目をこすり、顔を洗ってくるといって林の奥に歩いていった。奥に湧き水があるのだ。

音次郎は表の街道から芳兵衛の家につながる野路に目を向けた。人のやってくる気配はない。家の裏側にも道はあるはずだ。昨日ここにやってきたときは、すでに夜だった。

「まさか……」

声に出してつぶやいた音次郎は、立ちあがって尻を払った。ちょうど三九郎が戻ってくるところだった。

「家の裏を見てくる」

音次郎はそういって林のなかを抜けて、家の背後にまわった。舌打ちしたのはすぐだ。

海側に通じる小径があったのだ。そのまま辿って行くと、二町ほど先で松並木のある少し大きな道に出た。方角を考えると、その道が浜松宿に近いはずだった。

「三九郎……」

音次郎は芳兵衛の家の庭に戻って声をかけた。

「へえ」

「賊はもう現れぬかもしれぬ。お藤がやってくるかもしれないが、来たら待っているだろう。これから浜松宿に行ってみよう。途中でお藤にばったり会うかもしれない」

「それでいいんで……」

「芳兵衛一家を殺した賊が来るか来ないかわからないのだ。無駄な見張りになってもしようがない。それより先に、おまえと組んでいた御先手組の与力に会いたい」

三九郎はしばし視線を泳がせてから、「わかりました」といった。

二人は芳兵衛の家をあとにして浜松に足を向けた。すでに日は昇っており、松影が濃くなっていた。霧は晴れ、樹木の葉にたまった夜露が瑞々《みずみず》しく輝いていた。

しばらく行ったところに細長い池があった。畔《ほとり》を歩いて、街道に出た。

人の姿はまばらだ。旅人をあてこんだ粗末な茶屋があったので、立ち寄ると、飯を食わせてくれることがわかった。二人は縁台に腰をおろして、腹ごしらえをした。にぎり飯にたくあんだけである。

その間に三組の旅人が茶屋の前を通っていった。いずれも行商人のようだった。

「村垣さんとはどこで会うことになっている？」

音次郎は茶を飲んで聞いた。

「それもお藤に会わなきゃわからないことで、おれは御先手組の桂《かつら》さんという人たちといっしょに動いていただけですから」

「御先手組は何人だ？」

「おれが知っているのは三人ですが、もっといるはずです。何しろ松平越中守の下屋敷で起きた盗人騒ぎですから……」

茶屋を出たのはそれからすぐだった。

ところが、いくらも行かないうちに音次郎は異様な気配を感じた。背後に三人の男が現れ、尾《つ》けてくるのだ。音次郎は三九郎に注意を促した。

「まさか、やつらじゃないだろうな」

「そんなことはないはずです」

音次郎は様子を見るために、尾行者を放《ほう》っておいたが、若林村《わかばやし》を過ぎたところで立ち止まった。街道の右は古い寺で、左は櫟林《くぬぎ》だった。空に舞う鳶《とび》が声を降らせていた。

足を止めると、尾行してきた三人の男たちも立ち止まった。侍ではないが、長脇差しを腰に帯びていた。雪駄《せった》穿《ば》きによれた着物を端折っている。揃ったように無精ひげでもある。

「なにか用か？」

音次郎が声をかけた。だが、男たちは黙したまま品定めする目を向けてくる。と、音次郎と三九郎の背後に、新たに二人の男が現れた。挟み打ちにされた恰好だ。

「おめえさんらに、ちょいと訊ねたいことがあるんだ」

ずいと一歩踏み出してきた男がいった。大きな目をぎょろつかせて、人をいたぶるような皮肉な笑みを口の端に浮かべた。

「なんだ？」

「道の真ん中じゃ、通行人の迷惑になる。ちょいとそこまで付き合ってくれ。なに、悪いようにはしねえから安心しな。話はすぐにすむ」

男はそういって櫟林を縫う踏み分け道へうながした。

音次郎はどうしようか迷った。男たちは剣呑《けんのん》だ。断っても黙ってはいないだろう。

「よかろう。ついでにおれも聞きたいことがある」

音次郎が応じると、相手はにやっと頬に笑みを浮かべ、顎《あご》をしゃくった。

そのまま男たちに導かれて櫟林を抜けた。そこは海につながる畑道だった。

「そっちの兄さんだがよ。この前もこの辺をうろついていたな」

口を開くのはさっきのぎょろ目だ。

「そうかい」

三九郎は無表情に応じた。

「おめえら、どうも臭い。おそらくそうだろう」

男は顎の無精ひげを撫でながら近づいてきた。

「なにがそうだろうだ？」

「多分……そうだ」

男の目がキラッと光った。同時に大きく喚《わめ》いた。

「こいつらをとっ捕まえるんだ！」

第二章　浜松宿

一

「待て。なんのわけあって因縁をつける？」

音次郎は鯉口《こいぐち》を切ってからぎょろ目に問うた。

「へん、てめえは大方用心棒だろう。かまわねえからやっちまうんだ！」

男たちが刀を構えて間合いを詰めてきた。

長脇差は大脇差より長く、大刀より短いものをいう。刃渡りはおおむね二尺以上だから、ほとんど刀といっていい。

「待て待て、わけもなく斬り合うつもりなどない。何故、こんなことをする」

「てめえの胸に聞きゃわかることじゃねえか。いい逃れようったって、そうはいかないぜ。おれたちの目は誤魔化せはしねえんだ」

「なにか誤解《ごかい》をしているのではないか」

「誤解も六回もへったくれもねえ。いいからやっちまえ！」

　ぎょろ目は聞きわけがなかった。いきなり撃ち込んできたのだ。音次郎は鞘走《さやばし》らせた刀で、斬撃を撥《は》ねあげると、さっと足を開いて斜に構えた。

　三九郎が背中をあわせる恰好になって周囲を警戒する。男たちはじりじり間合いを詰めてくる。

「そりゃ！」

　横合いから撃ち込んできた男がいた。音次郎はさっと右に二寸ほど動きながら、相手の腕をたたき斬った。

「ぎゃあー」

　切断された手首が血の条《すじ》を引きながら、ぼとりと畦道《あぜみち》に落ちた。男は悲鳴をあげながらのたうちまわっている。

　音次郎はそれにはかまわず、つぎにかかってきた男をかわし、足払いをかけ、背後から襲いかかろうとしていた男の鳩尾《みぞおち》に、鞘の鐺《こじり》をたたき込んだ。

　男たちに剣術の心得がないことは、音次郎にはすでにわかっていた。だが、喧嘩な

れしているらしく、油断できなかった。三九郎も往生しているようで、素早く逃げて
は反撃に転じたりしている。

しかし、勝負がつくのに時間はかからなかった。

音次郎は背後にまわり込んできた相手が、撃ちかかろうとしたとき、すっと身を沈
めて、その太腿に一太刀浴びせ、さっと立ちあがるなり、向かってこようとしたぎょ
ろ目の剣をすりあげ、そのまま背中にまわり込み、刀の刃をぴたりと喉《のど》につけた。

その早業にぎょろ目は驚くと同時に、顔色を失い、声をなくした。

三九郎もひとりを倒したばかりだった。周囲には四人の男たちが気を失っているか、
うずくまってうめいていた。

「た、助けてくれ。頼む、別におれたちゃ斬るつもりはなかったんだ」

ぎょろ目は声をふるわせた。

「おれに用心棒だとか、臭いといったのはどういうことだ？」

音次郎はぎょろ目の首にあてている刀に、わずかに力を入れた。

「ひいッ、や、やめてくれ……」

「いえ、なんのつもりでおれたちに因縁をつけた」

「そ、その盗人の仲間だと思ったんだ。そこの若い兄さんを街道で何度か見て、その

盗人だと思ったんだ。見慣れない面だし、何度も見るんでこれはきっとそうだと……。た、頼む、殺さねえでくれ。なんでもする。追っ手から逃げたいんだったら手伝ってもいい。頼む、頼む、頼むから斬らないでくれ」

ぎょろ目はさっきの威勢はどこへやら、すっかりふるえあがり、ついには失禁してしまい、履《は》いている古びた雪駄を小便まみれにした。

音次郎はぎょろ目を突き飛ばして、三九郎と顔を見合わせた。ぎょろ目は尻餅をつき、すっかり怯《おび》えた顔を二人に向けていた。

「盗人とはどういうことだ？」

音次郎は一歩詰めよって訊ねた。

刀の切っ先をぎょろ目の鼻先に向ける。

「その、黒蟻《くろあり》のなんとかって盗人の仲間だと思ってよ。賞金が懸《か》かってるから、こりゃあ一稼ぎできると思ったんだ」

音次郎は眉宇《びう》をひそめた。

「そのことはどこで知った？」

「渡船場だよ。舞坂の渡船場に人相書きが手配されていて……こ、これだよ」

ぎょろ目は懐《ふところ》から人相書きをつかみ取って掲げた。

「これをどうして……」

三九郎が受け取って聞いた。

「他のやつらに稼がせちゃならねえから、引っぺがしてきたんだ」

「あきれたやつだ。だが、おれたちは盗人ではない。その盗人を追っている者だ」

「へッ……ほんとに……」

ぎょろ目は大きな目をさらに大きくした。

「この人相書きはもらっておく。てめえら教えてやるが……」

三九郎がぎょろ目と他の仲間を見て言葉を重ねた。

「下手な手出しはしないほうがいいぜ。この黒蟻の勇蔵はその辺の盗人じゃねえ。人の命などあっさり奪っちまう性悪な大盗賊だ。下手なことすりゃ、てめえの命を縮めることになる。こいつらを見かけたら、そっと役人に伝えることだ。そうすりゃ褒美《ほうび》の金が出るはずだ。欲をかけば命を失うってことを肝に銘じておくことだ」

「へ、へえ……」

三九郎は人相書きを懐にねじ込んで音次郎を見た。

「どうします？」

「いらぬ道草を食った。先を急ごう」

音次郎はそういってから、ぎょろ目たちに一言付け足した。

「怪我をしたのは自業自得だ。恨《うら》むな。だが、手当ては急いだほうがよい」

みんな黙ってうなずいた。

音次郎はさっと背を向けると、三九郎といっしょに街道に後戻りした。

二

歩いてくる女の真っ白い手甲脚絆《てっこうきゃはん》が日の光にまぶしい。そばには中年の夫婦者がついていた。三人は同行者のようだが、若い女はお藤だった。

同行の夫婦は、伊勢参りの途上だった。浜松宿を出た茶店で何気なく言葉を交わしたことがきっかけで、ここまでいっしょに歩いてきたのだ。

「それではここで失礼いたします。どうかお気をつけて行ってらっしゃいませ」

お藤は立ち止まって夫婦に頭を下げた。

「もう少し先までごいっしょできると思っていたのに、残念です。それでもまた帰りにお会いできるかもしれませんね」

「あんた……」

やに下がった顔でいう夫の脇腹を、女房がつねった。

「会えるかどうかわかりませんが、その節はどうぞまたよろしくお願いします」

お藤はやわらかな笑みを浮かべて、もう一度お辞儀をした。

「さ、それじゃ先を急ぎましょうよ、あんた」

女房はお藤に嫉妬しているようだ。さっさと、お藤と夫を離れさせるように急《せ》かした。

その二人を見送ったお藤は、ゆっくりと表情を引き締めた。それから被っている一文字笠の顎紐《あごひも》を結び直して、街道から外れて脇道に入った。

背中に風呂敷包みを背負っていたが、それにはにぎり飯と水の入った竹筒が入っているだけだった。帯には道中差しを差し、杖をついていた。

傍目《はため》には旅の女に見えるかもしれないが、それは人の目を誤魔化《ごまか》すためだった。脇道に入ったお藤は、それまでよりも早足になって先を急いだ。

曲がりくねった野路を三町ほど行くと、芳兵衛の家が見えてきた。なぜか心がときめく。頬さえゆるむ。

……ばかね。

自分を嘲《あざけ》るように、胸の内でつぶやいた。

芳兵衛の家で三九郎と音次郎が待っているはずだった。胸がときめくのは、音次郎に会えるからであるが、それは儚《はかな》い思いでしかない。そんなことは重々わかっているくせに、どうしようもないのである。

しかし、庭に入る前に妙だと思った。芳兵衛の家は人を寄せつけないように、雨戸も戸もきっちり閉められている。

まさか留守をしているはずはないのだが……。

そう思いながら、戸口に立った。声をかけるが返事はない。出かけているのだろうかと、あたりを見まわした。

建て付けの悪くなっている戸に手をかけると、ガタゴトいいながら横に開いた。

土間も家のなかも暗い。戸板の隙間や節穴から差し込む外の光が、条《すじ》となっている。

妙だなと思って、土間を進んで台所に行った。竈《かまど》の灰に手をあてる。今朝は火を焚いていないようだ。

水瓶の上に置かれている柄杓《ひしゃく》をじっと眺める。柄《え》は乾いている。今朝使っているなら、湿っているはずだ。

すると、昨日から留守をしているのか……。

おかしい。

三九郎が約束を忘れたとは思えない。音次郎を連れて、この家に戻ってくることになっていたのだ。

お藤は家のなかがよく見えるように、雨戸を一枚開けた。さっと、明るい光が家のなかに射し込み、視界をよくした。家のなかはがらんとしている。

板の間にあがってすぐ、足許に血糊の跡があるのに気づいた。拭き取られているが、刷毛《はけ》で掃いたように残っている。先の畳座敷に行ってまた足許に目を凝らした。黒い汚れがある。しかし、それは畳に血のしみ込んだものだとわかる。

はっと、こわばった顔をあげて家のなかを見わたした。いやな胸騒ぎがして、胸の鼓動が速くなった。

ここにいては危ない――。

直感をはたらかせたお藤は、雨戸を閉めなおすのも面倒になり、急いで芳兵衛の家を出た。街道に戻る曲がりくねった道を歩きながら、不吉なことが忙しく浮かんでは消え、また浮かんだ。

もしや、芳兵衛の家が賊に見つかり、音次郎と三九郎が……。

そんなことはないだろうと胸の内で否定する。しかし、芳兵衛と女房はどうしたのだろうか？　それに、十六になったばかりの娘も……。

あの血痕はいったい誰のものだろうか？　いやなことばかりが脳裏に浮かぶ。

二本杉のそばにある小さな地蔵堂の前を過ぎたとき、前方の土手道に人の影がちらついたが、すぐに見えなくなった。道が竹林の向こうに回り込んでいるからだ。だが、相手はこっちに向かっているようだった。

誰だろうか？

三九郎と音次郎ならよいが、そうでなければ気をつけなければならない。お藤は立ち止まって周囲を見まわし、すぐそばの土手にあがり、藪《やぶ》の陰にしゃがみ込んだ。

芳兵衛の家にやってきたのは、素浪人風情の小堺仁左衛門と熊五郎、留之助の三人だった。案内をするのは八本指の熊五郎である。

「あの家か……」

仁左衛門は足を止めて、芳兵衛の家を眺めた。雨戸も戸も閉まったたままだ。

「誰もいないようだな」

「昨夜来たときのまんまです。おれは裏の勝手口から入ったんですが……」

熊五郎が顎ひげを、ぞりぞり撫でながらいう。

「行ってみよう」

仁左衛門が足を進めると、隣について歩く熊五郎が言葉を足した。

「芳兵衛が先手組に手を貸しているのはわかってんです。ひょっとすると、あいつらヘマをして捕まっちまったんじゃ……」

「だったら下手に近づかないほうがいいんじゃねえですか」

留之助が顔色を変えて、仁左衛門と熊五郎を見た。

「追っ手がこの家を見張っているというのか」

仁左衛門は留之助を見た。

「もしそうであるなら、昨夜、熊五郎も捕まっていたはずだ。かまわぬ。いたらいたで、おれが片づける。腕がうずいているのだ」

そういってずんずん歩く仁左衛門の背中を見送る恰好になった留之助は、熊五郎と顔を見合わせてあとを追いかけた。

仁左衛門は捕り方など気にしなかったというより、この家に人がいないのを見て取ったからだった。それは人斬りの勘であったが、外れていないと確信していた。

案の定、戸口を入っても人の気配はなかった。だが、奥にある居間の雨戸が一枚だけ開いているのに、眉宇をひそめた。

「熊五郎、おぬしは昨夜あの雨戸を開けたか？」

「いいえ。おれは提灯で家のなかを見ただけで、勝手口の戸を閉めて出ました」

「おかしいな……」

仁左衛門はとがった顎をするっと撫でて土間奥に進んだ。

台所の流しと竈を見る。それから板座敷と居間を見た。

「留之助、雨戸を開けろ。二、三枚でいい」

「へえ」

留之助が身軽に座敷にあがり、表の雨戸を二枚開けた。いきなり家のなかが明るくなった。仁左衛門は草鞋穿きのまま座敷にあがって、ぐるりと家のなかを見まわし、足許の床に視線を這わせた。

と、その目が一点で止まった。近づいて指で撫でる。

「血だ」

つぶやいて、隣の座敷に行き、血を吸った畳を見た。

「……斬り合ったな」

「どういうことで？」

熊五郎がきょとんとした顔を向けてきた。

「仲間は斬り合ったか、それともこの家の者を斬ったか……それとも……」

仁左衛門は片膝をついて、雨戸の向こうを見た。庭先には明るい光があふれている。その先には紅葉を待つ木々と年中青葉を茂らせている樹木がある。

「それともなんです？」

留之助だった。

「仲間は追っ手に捕まったのかもしれぬ」

「もし、そうだったらまずいですよ。やつらが口を割ってしまえば、お頭のいる隠れ家が……」

三人はそれぞれに、こわばらせた顔を見合わせた。

「急いで戻るんだ」

そういった仁左衛門は、土間に飛び下りた。

藪の陰に隠れて様子を見ていたお藤は、やってきた三人が急ぎ足で戻っていくのを見送り、尾《つ》けるべきかどうか迷った。

ひとりは人相書きにあった男だった。〝人斬り〟の異名を持つ小堺仁左衛門――。痩身で色白、とがった顎に切れ長の目。間違いないはずだった。すると他の二人も賊の仲間ということになる。

しかし、なぜすぐに後戻りしたのだろうか？

お藤は尾けるべきかどうしようかと迷いつつ、藪の陰から下の道におりた。もう三人の姿は見えなくなっていた。

三

黒蟻の勇蔵は思案に耽《ふけ》っていた。

目の前に、半紙に書いた街道の地図がある。久兵衛は姫街道は上れないといった。気賀宿に思ってもいないほどの捕り方がいるといった。

……気賀宿《きがしゅく》を通らずに行く方法もあるはずだ。

胸中でつぶやく勇蔵は、顔をあげて宙の一点に目を据える。

姫街道は見付宿《みつけしゅく》から分岐して、山道を辿《たど》り本坂峠《ほんざかとうげ》を越えて、再び東海道の御油宿《ごゆしゅく》につながる脇街道だった。

勇蔵は新居《あらい》の関所が通れなければ、姫街道だと考えていたのだが、気賀宿に追っ手の捕り方がいてはどうしようもない。

問題は新居の関所を抜けられるかどうかである。様子を見てきた熊五郎は、人相書きが手配されているという。

「重太郎……」

勇蔵は縁側で茶を飲んでいた重太郎をそばに呼んだ。

「おれたちの人相書きがまわっているようだが、いったい誰と誰々の人相書きだと思う」

「それはおそらく……お頭が入っているのは間違いないでしょうが、まさか仲間みんなってことはないでしょう」

「そうだろうが、その人相書きが手に入らないかな」

「それは……」

重太郎は首をひねった。

勇蔵は浜松宿に入ってすぐ押さえた火盗改めの同心から、人相書きのことを詳しく聞いておくべきだったと後悔していた。あのときは頭に血が上り、いつもの自分をなくし、あっさり同心を刺し殺してしまった。

……もう少し生かしておくべきだった。

そう思ったところで、もはやあとの祭りである。

「もし、おまえさんの人相書きがなければ、先に関所を抜けて待ってもらいてえんだ」
「それができれば、どこで待っていればよろしいんで……」
「御油《ごゆ》だ」
東海道にある御油宿は、姫街道の終着地（始発地でもあるが）だ。
「金は御油で分けたい」
「そうなると、少なくとも三、四人は連れて行かなきゃなりません」
盗んだ金を勘定したわけではないが、五千両前後はあるはずだ。江戸から沼津まで
その金の大半は船で運んでいたが、沼津で金を下ろしてからは、人足《にんそく》や馬子《まご》を使って
浜松まで運び入れていた。金は俵荷物にしたり、行李に入れたりと偽装を施している。
勇蔵はぬるくなった茶に口をつけて考えた。重太郎は信用がおけるので問題はない
が、他の手下は油断がならない。重太郎につける手下を誰にするかと考える。
弁蔵と久兵衛なら問題はない。だが、もうひとりが悩むところだ。仁左衛門は自分
の護衛役でそばに置いておきたい。熊五郎は金を横取りする恐れがある。そうなると、
留之助か金次郎だが、この二人もどう転ぶかわからない。
「しかし、あっしらに捕り方の目が光っていれば、荷改めは厳しくなっているはずで
す。それは新居の関所も気賀の関所も同じでしょう」

「それをうまくするのがおまえの役目じゃねえか。百姓に化けるか行商に化けるか……おれが知恵を貸すこともないだろう」

過去にもいろんな手を使って関所を抜けてきている。勇蔵にも重太郎にもその要領はわかっていた。

「承知しました。ですが、あっしが手配されていたらできないことです」

勇蔵は黙り込むしかない。

「お頭、さっき金次郎が口にしたことですが、仲間が減った分分け前は増えることになります。金次郎や他の仲間もそのことに気をよくしているようですから、いざとなったら山道を辿《たど》ってでも運び出すしかありません」

そのことも勇蔵は考えていた。

手下にはひとり三十両ずつ渡してある。しかし、それは盗んだ五千両に比べれば端金《はしたがね》だ。手下の誰もが残りの分け前を期待している。

ちなみに勇蔵は、つぎの仕事の支度金に一千両を残しておく腹づもりだった。大きな盗みをやるにはそれぐらいの金が必要だった。ときに三年あるいは五年の下準備をするし、その間に仲間の面倒も見なければならない。

よって今回は四千両を分けることになるが、等分ではない。それぞれのはたらきに見合った額がある。多い者で四百両、少ない者でも二百両だ。しかし、殺されたり捕まった仲間がいるので、その分分け前は増えることになる。

金の使い道はそれぞれだが、二百両あれば十年は遊んで暮らせるし、商売をはじめる元金にもなる。

「……城下に行って、手ごろなやつを抱き込んで人相書きのことを調べさせるか」

しばらくして勇蔵は口を開いた。

「そうするなら早く手を打ったほうがいいでしょう。なにしろ、あっしらは浜松に封じ込められているようなもんですから」

「まったくだ。いくらでも抜け道がありそうだが、実際のところそうはいかない。関所を通ることさえできれば……」

そこで勇蔵はたれた目を光らせ、何かに気づいた顔になった。

「重太郎、関所越えばかり考えるこたあねえんじゃねえか」

「後戻りすると……」

「そうだ。江戸に近づくのは気持ちのいいもんじゃねえが……どうにもしようがねえときは、そうしてもいい」

「一理ありますが、捕り方は浜松までの宿場に手を打っているはずです。宿場に寄らず、村道を辿ったとしてもいずれはどこかの宿場に出なきゃなりません。大金を手にした仲間が派手に遊ぶのは目に見えています。ほとぼりが冷めるまでおとなしくしていろと、いくらうるさくいっても聞きやしないでしょう」

「どこでアシがつくかわかりゃしねえってことか……」

勇蔵は煙管《きせる》に刻《きざ》みを詰めて、火をつけた。深々と一服して、煙を吹かす。

「だが、ここにいつまでもいるわけにゃいかねえ」

言葉を重ねた勇蔵は、囲炉裏の縁に雁首《がんくび》を打ちつけて、灰を落とした。そのとき、小沢渡《こざわたり》村に様子を見に行った仁左衛門たちが戻ってきた。

「黒蟻《くろあり》よ」

仁左衛門が勇蔵のそばにやってきて腰をおろした。

勇蔵のことを〝黒蟻〟と呼び捨てにするのは、仁左衛門だけだ。無宿の浪人ではあるが、何度も勇蔵の危機を救っているので、勇蔵も好きに呼ばせている。黒蟻というのは、勇蔵の背中一面に黒蟻の彫り物があるからだった。

「仲間は殺されたか、捕まっていると思ったほうがいい」

つづけていった仁左衛門の言葉に、勇蔵はたれ目をギョッと見開いた。

「手下の死体を見たのか？」

「死体は探さなかった。だが、熊五郎がいったように人っ子ひとりあの家にはいない。芳兵衛という百姓も、その女房も娘も見なかった。もし、仲間が捕まっているなら、いずれここも追っ手に知れてしまうってことだ。いや、もう追っ手がこっちに向かってるかもしれねえ」

仁左衛門は冷え冷えとした目で勇蔵を見て、他の仲間を見まわした。

「そんなことになったら大変だ」

重太郎が狼狽《うろた》えたようにいった。

「この隠れ家を移すんだ」

仁左衛門は能面顔になった勇蔵を見つめた。

「よし、いまから移る」

勇蔵はそう応じてから、そばにいる仲間を眺めた。

四

御先手組《おさきてぐみ》の与力・桂新右衛門《しんえもん》は、浜松宿にある七軒《しちけん》町の旅籠《はたご》に腰を据えていた。浜松は宿場町ではあるが、城下町でもある。そのために、本陣六軒が設けられている。

東海道で六軒の本陣を持つのは、浜松以外には箱根しかない。

旅籠に入った音次郎と三九郎は、客間で桂の帰りを待っていた。昼前には一度帰ってくると、旅籠の手代に伝言を残していたのだ。

音次郎は閉じている障子を眺めた。庭の松の影がその障子に映っていた。表から鳥の声がするぐらいで、昼間の旅籠は静かである。

「そろそろ昼だな」

音次郎は床柱に背中を預けている三九郎を見た。

「へえ、玄関で待っていやしょうか」

「それには及ばぬだろう。手代か番頭が話をするはずだ。ここで待っておればよい」

音次郎は手代と番頭に、自分たちが客間にあがっていることを言付けていた。

「お藤はどうします？　芳兵衛の家で落ち合うことにしていたんですが……」

たしかにそのことは気になっていた。しかし、いまは桂の話を聞きたいし、芳兵衛の家で起きたことを話したかった。

「桂さんに会ったら、もう一度芳兵衛の家に戻ろう」

音次郎は急須をつかんで、茶を注ぎ足そうとしたが、もう湯が入っていなかった。

そのとき、廊下に足音がして、障子に人影が映った。女だ。

「三九郎さん、佐久間さん」

音次郎は、はっとなって障子の影を見た。

「お藤か……」

「入ります」

音次郎の声に応じてお藤が障子を開けて入ってきた。三九郎は預けていた床柱から背中を離した。

「お久しぶりでございます」

お藤は丁寧に両手をついて、頭を下げた。

「元気そうでなによりだ。それよりそなたとは芳兵衛の家で会うはずだったのだが……」

「そのことでございます」

お藤は音次郎の言葉を遮《さえぎ》るようにして頭をあげた。ちらりと三九郎に厳しい目を向けたが、すぐにその目を音次郎に戻した。

「村垣さんと会うのが遅くなり、芳兵衛の家に行ったのはつい半刻《はんとき》ほど前のことです。ところが家には誰もいませんでした」

「いないはずだ。芳兵衛と女房と娘は殺されていた」

「えっ……」

お藤は目をまるくした。

「おれが佐久間の旦那を連れて行ったときは、もうそうなっていたんだ。それだけじゃねえ、おれたちは待ち伏せを受けて、危うく命を落とすところだった」

三九郎だった。

「相手は?」

「黒蟻の勇蔵の仲間だったのかもしれねえが……よくはわからねえ」

三九郎は首を振っていう。

「わからないというのは……」

お藤の疑問には音次郎が答えた。

「ふいをつかれて斬りつけられたので、斬ってしまったのだ。手加減をしてひとりぐらい生かしておくべきだったが、それができなかった。ゆえに相手の正体がわからない。それに、賞金稼ぎをしている野盗に襲われそうになった」

「そんな者がいたのですか」

「真面目に働くより、いい稼ぎになる。この田舎のことだ。褒美金《ほうびきん》ほしさに動きまわる者が出てもおかしくはない。だから芳兵衛の家で襲ってきたのも、賞金稼ぎだったのかもしれない」

「それでなぜおまえはここに……」

三九郎は怪訝《けげん》そうな顔で、膝をすってお藤に近づいた。

「ここに先手組の桂さんが逗留《とうりゅう》されているので、佐久間さんと三九郎さんもここではないかと思ったのです。それじゃ、あの家にあった血の跡は……」

「おれたちを襲ってきた賊の血と、芳兵衛の血だろう。女房と娘は手込めにされたあとで殺されたようだ。まったく、ひでえことしやがる」

「それでわたし、賊を見たんです」

そういったお藤を、音次郎と三九郎は同時に見た。

「さっき、芳兵衛の家に行ったとき、三人の男がやってきたんです。そのなかのひとりが、人相書きにある小堺仁左衛門でした。たしかにあの男に間違いありませんでした」

「それで仁左衛門たちはどうした？」

音次郎は一膝進めて聞いた。

「家のなかを見てすぐに引き返しました。尾けようかどうしようか迷ったのですが、相手は人斬りといわれる男だし、二人の仲間もいましたので……」

「なんだよ、こっそり尾けて行き先を突き止めればよかったじゃねえか。相手が人斬りだろうが鬼だろうが、ビクつくお藤ちゃんじゃねえだろう」

三九郎はお藤のことを、そのときどきで呼び捨てにしたりちゃん付けをする。

「まあよい」

音次郎が間に入って、

「それで村垣さんはどこにいるんだ？」

と聞いた。

「ずっと金谷《かなや》で、大井川の渡しを見張っておられたのですが、それからは日坂《にっさか》、掛川《かけがわ》と進んで、いまは見付で目を光らせています。各宿場には黒蟻の勇蔵一味の人相書きが配られ、問屋場《といやば》詰めの役人たちも助働《すけばたら》きをしています」

「村垣さんは見付でその手配りをしているのだな」

「そうです。わたしたちには捕り方といっしょになって、賊を探れとのお指図です」

その村垣さんは、明日か明後日には浜松に入られるとは思いますが……」

「すると、賊は江戸方面には後戻りできないのだな」

「後戻りするのは難しいでしょう。もっとも、賊を捕まえることができずに、ずるずると日がたてば、警戒の目や調べもゆるくなってしまうでしょうが……」

「新居と気賀の関所も賊は通れないはずだ」

三九郎が付け足すようにいった。

「しかし、お藤が人斬りの仁左衛門を見たのであれば、賊はこの浜松にいると見て間違いないだろう」

音次郎はお藤の背後の障子を見た。

「関所も通れなくなっているし、後戻りもできない。つまるところ、黒蟻の勇蔵らは袋の鼠になってるってわけですな」

三九郎が軽い口調でいって、鼻毛をピッと引き抜いた。

「人相書きだが……賞金稼ぎが持っていたのを、奪い取ってきた。これがそうだが、人相書きはこれだけであろうか」

音次郎は懐から人相書きを取り出して広げた。

お藤はそれに視線を落として、

「そうです。この四人の分だけです」

と答えた。

人相書きは、黒蟻の勇蔵、人斬りの異名を持つ小堺仁左衛門、番頭格の重太郎、そして錠前破りの弁蔵だった。

「他の仲間のはどうして作ってないのだ」

「それはわかりません。これで事足りると思ったのではないでしょうか。小田原の役人が作ったことですから」

「賊は何人いるのだ？」

「小田原での調べでは十五、六人だということですが、捕まったのは下っ端ばかりだといいますから、じつのところはどうかわかりません」

音次郎は空になった湯呑みを見て考えた。賊が何人いるかわからないが、この浜松から逃げるのは困難だ。山に分け入って関所破りをするとしても、五千両の大金を運ばなければならない。

「水谷《みずたに》三九郎、いるのか」

廊下に荒々しい足音がして、そんな声がかかってきた。

「へい、おりやす」

答えた三九郎が、部屋の障子を引き開けると、ひとりの男が姿を現した。

五

「この部屋で待っているということであったが……」

入ってきたのは桂新右衛門という御先手組の与力だった。

「桂さん、こちらが佐久間音次郎さんです。そして、こっちがお藤と申します」

三九郎が居ずまいを正して桂に紹介をした。

「桂新右衛門と申す。助っ人をしてくれるそうだが、賊はもはや封じ込めたようなものだ。気賀と新居の関所を賊は抜けることはできぬし、見付にも捕り方を配してある」

桂は気負っているものいいをした。自分の威厳をしめしたいのか、肩肘《かたひじ》張った男だった。

「賊のたしかな数はわかっているのですか？」

音次郎は静かな口調で訊ねた。

「先に小田原で捕縛した賊の話からすれば、十人前後であろう。それより、わたしの手下がひとり殺された」

桂はふっと、ため息をついて腰をおろした。

「それはいつのことで……」

驚いていうのは三九郎だった。

「宿外れの畑のなかで見つかった。賊の仕業《しわざ》だと思うが、たしかなことはわからぬ。まったく忌々《いまいま》しいことだ」

桂は握りしめた拳《こぶし》を膝に打ちつけた。

「小沢渡村の百姓家で、わたしと三九郎に不意打ちをかけてきた曲者《くせもの》が四人います」

そういった音次郎を、桂は眉間にしわをよせて見た。

「もし、その四人が一味の者なら数は減っています」

「斬ったのか？」

「生かしておいて話を聞くべきだったのでしょうが、そのゆとりはありませんでした」

「人相書きにあった者であろうか……」

「それはたしかめなければ、わからぬことです。それにもうひとつ、賊に賞金が懸けられているようですね」

「五十両だ」

「その金ほしさに動いている野盗がいます。その者たちにも襲われました」

「なに……」

「そのときも賊一味かと思いましたが、取り押さえて訊問いたしたところ賞金を狙った野盗だとわかりました。こちらは斬ってはおりませぬ。それに、そやつらはこれを持っておりました」

音次郎は賞金稼ぎが持っていた人相書きを、懐から出して見せた。

「舞坂の渡船場にあったものを剝がしたようです」

「けしからぬことを……。早速、貼りなおさせることにいたそう」

「賊を封じ込めたと申されましたが、関所や宿場を固めただけでしょうか……」

「高札場《こうさつば》に触れを出し、人相書きも配っている。賊を見た者がいれば、問屋場や宿場の役人に知らせがあるはずだ」

「賊は関所破りをするかもしれませんが、そのことはいかように手配されています」

「むろん、そのことは考えておる。舟を使うかもしれぬので、浜松の海にも目を光らせておる」

話を聞くかぎり、賊を捕縛するための包囲網は調《ととの》っているようだ。

「桂さん、気になっていることがあります。出来ている人相書きは四人だけなんでしようか……」

聞いたのはお藤だった。

「そうだ。他の者までは手がまわっておらぬ。もっともこれは小田原で調べにあたった者たちの手抜かりではあるが……。それから、火盗改めの同心のひとりが行方をくらましている」

「どういうことです？」

三九郎だった。

「わからぬ。ひょっとすると賊の手に落ちたのかもしれぬ。もう三日以上沙汰がない」

「捕り方の人数ですが、どのようになっています？」

音次郎は桂を静かに眺めた。

窓から射し込む日の光が翳《かげ》り、客間がほのかに暗くなった。

「ひとりを失ったので、御先手組はわたしを入れて五人。火盗改めの与力・同心が五人。そして、目付が三人。さらに浜松井上家から三十人ほどの捕り方が助っ人で動いている」

遠江《とおとうみ》浜松は井上河内守正甫《いのうえかわちのかみまさもと》が治めているが、城主の正甫は江戸詰であり領地は城代家老が仕切っていた。

「あやつらは関所を抜けることも、迂闊《うかつ》に城下をうろつくこともできぬ。鼠のようにひそんでいるであろうが、いずれ焙りだせるはずだ」

桂はそういってから、

「水谷、茶はないか」

と、言下にいった。

「へえ、いま運ばせましょう」

三九郎が廊下に出て女中を呼んだ。桂は三九郎のことを、姓の「水谷」で呼ぶ。

「……佐久間と申したな。何故、貴公は白須賀にいるのだ？　元は公儀に仕えていた者だと聞いているが……」

「それにはいろいろと、込み入ったわけがありまして……」

音次郎は空になっているとわかっていながら湯呑みに口をつけた。あまり穿鑿《せんさく》されたくないことだ。

「粗相でもいたしたか」

「……そのようなものです」

「差し支えなければ教えてくれぬか」

「桂さん、そんなことよりわたしたちはどうすればいいのです？　ここで油を売っていてもしかたないと思うのですが」

お藤が気を利かせてくれたので、音次郎はふっと小さな息をついた。

「手配りは大方終わっている。わたしは問屋場に詰めているが、そのほうらはひとまず宿場内の見廻りをしてもらおうか。井上家から駆り出されている捕り方たちは、土地に詳しいので近隣の村を巡回している」

「その前に、もう一度小沢渡村の芳兵衛宅に行ってまいりましょう」

音次郎がいった。

「何故？」

「わたしが最初に襲われたのが芳兵衛という百姓の家でした。斬り捨てた四人が賊の仲間であるかどうか、人相書きと照らし合わせてみたいと思います。それにお藤は賊の一味がその家を訪ねたのを見ています」

「なに、それはほんとうか」

桂は眉を動かしてお藤に視線を向けた。

「はい、佐久間さんと三九郎さんと落ち合う家でした。わたしは約束に遅れて行ったのですが、そのおりに賊を見ています。それは人斬りといわれている小堺仁左衛門でした。その他に仲間が二人いました」

「それじゃ、やつらは堂々と村を動いているというのか……」

桂は拳にじわりと力を入れて、窓の外に視線を飛ばし、

「巡回の目を厳しくしなければならぬな」

と、つぶやきを漏らした。

「とにかくもう一度、見廻りを兼ねて芳兵衛宅に行ってまいりましょう」

音次郎は差料《さしりょう》を引き寄せた。

六

黒蟻の勇蔵は目立たないように林の中や田畑を縫う野路を辿って、高塚《たかつか》村に入った。浜松城の西方にある村で、小沢渡村の北に位置するところだ。村のほぼ中央を高塚川が流れていて、勇蔵はその川の畔にある家に目をつけた。

「あの家はどうだ？」

土手下で立ち止まった勇蔵は仲間を振り返った。一番後方に金を積んだ大八車がある。運搬役は若い留之助と金次郎だ。

「いいでしょう。近くに家もないし、高台になっていますから近づいてくる者を見張ることもできます」

重太郎が周囲の景色をたしかめるように見ていった。

「よし、あそこを隠れ家にする。弁蔵、おまえは宿場に行って追っ手の様子を探ってこい。相手の動きがわからねえと、気持ち悪くてしようがねえ」

「へえ、それじゃ早速に」

「待て」

行こうとした弁蔵を、仁左衛門が呼び止めた。

「どこに追っ手の目があるかわからぬ。十分気をつけるのだ」

「わかっておりますよ」

弁蔵は干し柿のような黒い顔に、頬被りをした。その辺の百姓のように、藁草履に股引を穿き、継《つ》ぎ接《は》ぎだらけの着物を尻端折りしていた。

宿場に向かう弁蔵を見送った勇蔵たちは、小高い丘に建つ百姓家に足を向けた。日は西に傾きはじめている。

向かう百姓家へはなだらかな坂がつづいている。坂下は杉林で、そばを川が流れていた。

川には粗末な土橋が架けられてあった。

その橋の手前で勇蔵は立ち止まって、

「小堺さん、熊五郎、先に行って家の様子を見てきてくれないか。おれたちはここで待っている」

と、いった。

勇蔵に指図された仁左衛門と熊五郎が坂道を上っていった。

仁左衛門は熊五郎の後ろについて坂道を上った。熊五郎の腰に差している鎖鎌が、ときどきジャラジャラと音を立てる。

雲が向かう百姓家の上をゆっくり動いていた。日は大分傾いている。

坂を上りきると、すぐに百姓家の庭となっていた。放し飼いになっている鶏がふいに現れた闖入者《ちんにゅうしゃ》に首をかしげて、小さく鳴いた。

縁側も戸口の戸障子も開け放されている。熊五郎は大きな体をのしのしと前に進ませ、戸口の前で立ち止まった。

「誰かいるか？」

声をかけると、土間の奥から小柄な女が姿を見せた。五十過ぎの女だった。頭に被

っていた手拭いを取り、

「はい、なんのご用でしょう……」

女はゆっくり近づいてきた。

「この家の主《あるじ》はいるか？」

「おりますけど、いったいなんでしょう」

女は臆病そうな目を仁左衛門に向け、また熊五郎に戻した。

「主を呼んでもらいたいが、他に住んでいるやつはいねえのか？」

「倅《せがれ》も娘もいまはおりませんが……」

つまり、年を取った夫婦者が住んでいるだけということだ。

「なんでしょうか……」

一方の襖が開いて年老いた男が現れた。

そのまま式台《しきだい》の前まで来て、訝《いぶか》しそうな顔をした。

「ちょいとこの家を借りたいんだ」

「は……どういうことで……」

「こういうことだ」

熊五郎はいったとたん、腰の鎖鎌を引き抜くなり、斜めに振りあげた。首根から血潮が飛び散り、家の主はどさりと倒れた。

突然のことに女房は、目を瞠《みは》ったまま声も出せないでいた。

「恨みもなにもないのだが……」

熊五郎が足を進めたとき、女房が悲鳴をあげようとしたが、

「しかたがねえんだ」

という熊五郎の声しか聞こえなかった。

直後、女房はうつ伏せに倒れ、四肢《しし》を痙攣《けいれん》させるように動かして息絶えた。

「むごいことをしやがる」

黙って見ていた仁左衛門は、首を横に振って庭に出た。

「なにも殺すことはなかったのだ」

「だったら止めてくれりゃよかったじゃありませんか」

仁左衛門はなにもいわずに庭を出て、坂の上に立った。あがってこいと、坂下で待つ勇蔵たちに合図を送った。

七

死体と人相書きを照らし合わせてたしかめた音次郎は、茜色《あかねいろ》に染まっている空を見あげた。数羽の鴉《からす》が、その空を北へ向かって飛んでいた。

「こいつらも賞金稼ぎだったんでしょうか？　それとも……」

三九郎が疑問を呈するが、音次郎にもお藤にも答えることはできない。

「宿場に戻ろう。村垣さんは問屋場に寄ることになっているのだな」

音次郎は西日を頬に受けているお藤を振り返った。

「宿場に入ったら問屋場に寄ってからここに来ることになっています」

「それなら、もうここには来ないだろう」

桂新右衛門が問屋場に詰めている。村垣が宿場入りをすれば、この家のことは桂から聞くはずだ。

三人は暮れはじめた道を引き返した。

「賊を捕まえるのに、手間はかからないんじゃねえかな。そう思わないかいお藤ちゃ

「いないな……」

ん」

三九郎が木の葉をちぎっていう。

「三九郎さん、気安く呼んでくれるのはいいけど、少しは考えてくださいな」

お藤がキッと目を厳しくして三九郎をにらんだ。

「あれ、おれは悪気があっていってるんじゃねえぜ。そう怖い顔するなって、せっかくの器量が台無しじゃないか。ねえ、佐久間の旦那」

剽軽《ひょうきん》な三九郎に、お藤がため息をつく。

「桂さんの話を聞けば、おれたちの出番はなさそうな気がするのだが……」

音次郎は三九郎には応じずに、そんなことを口にした。

「旦那もそう思いますか。いや、おれもわざわざ江戸からやってくることはなかったと、いまになって思うんですよ。賊は関所も抜けられなければ、宿場をうろつくこともできない。村には井上家の家臣たちが目を光らせている。もはや黒蟻一味を追いつめたも同然ですからね」

「それはわからぬことだ」

音次郎は三九郎の言葉を否定した。

「賊は五千両の金を持っている。江戸からようやくここまで逃げてきたのだ。めったなことでは捕まらないだろうし、必死に逃げようと知恵を絞るはずだ。それに街道には抜け道がいくらでもある。関所破りも辞さぬだろう。あらゆることを考えるはずだ」

「なにしろ五千両ですからね。わたしには思いもつかない金高です」

お藤がため息まじりにいった。

「そうか、五千両あるんだもんな。それだけありゃ何でもできるってことか……」

三九郎も真面目くさった顔をした。

空がすっかり黄昏《たそが》れたときに、三人は宿場に入った。

浜松宿は城を中心に成り立っている。その浜松城はかつては家康《いえやす》の居城であり、後世には、「出世城」と呼ばれるようになる。

入城する大名の多くが、老中や奏者番などの幕閣の重要職に就《つ》いたからである。現城主の正甫もいずれ奏者番に推される男であったし、父・正定《まささだ》は奏者番と寺社奉行を兼任した人だった。

その城は、闇に包まれつつある。

小高い天守曲輪《くるわ》から東方に、本丸・二の丸・三の丸とつづいている。城郭の角に建ついくつもの櫓《やぐら》が、繁茂している木々の間に見え隠れしていた。天守閣の向こうに薄《うす》鼠色《ねずいろ》をした雲が浮かび、そのずっと上に月があり、まわりに星たちが散らばっていた。

城下町となっている宿場は、西の舞坂方面からやってくると、まず七軒町にはいる。そこから成子坂町《なるこざかちょう》まで城に向かって進み、大手門そばの神明町《しんめいちょう》から新町《しんまち》まで進んで、宿場を出ることになる。

また、大手門から追分《おいわけ》に進む道の両側にも町屋がつづいている。

城下町を兼ねている宿場には、侍の姿も少なくない。それだけに音次郎が目立つこともなかった。往還のところどころには、提灯や軒行灯《のきあんどん》に火を入れた煮売屋や居酒屋の明かりがあった。近隣の職人や井上家の家臣が、それらの暖簾《のれん》をくぐっている。

音次郎はざっと城下を歩いてから、七軒町にある川口屋という旅籠に戻った。

客間に落ち着いたところで、遅れてやってきた三九郎が、

「旦那、桂さんがお呼びです」

といった。

「何か急用であるか？」

「飯を食おうってことでしょう。座敷で酒盛りをはじめたところです」

「酒盛り……」

音次郎は眉間にしわをよせて、目を細めた。桂は賊を追っている最中であるばかり

か、配下の同心を殺されたばかりではないか。

「手下の同心連中もいっしょですが、どうします。断るわけにはいかないと思うんですが……」

「役目を忘れてるわけではないだろうな」

「さあ、それは……」

音次郎は気乗りしなかったが、顔を出すことにした。一階の座敷に行くと、桂はもうご機嫌の様子であった。配下の同心らも赤い顔をして楽しげに笑っていた。

「おうおう、これへこれへ……」

桂は手招きをして音次郎をそばへ呼んだ。まるで殿様気取りである。

「役目はどうされました？」

音次郎は渡された盃をつかんでからいった。

「役目……ふん、酒の席で無粋なことをいうな。昼間、足を棒にして見廻りをしたのだ。関所と諸処の見張場には、火盗改めと井上家の徒衆《かちしゅう》が張りついている。さあ、固いこと抜きでひとつまいろうではないか」

桂は音次郎に酌をしてから、

「ここにいるのはわたしといっしょに来た者たちだ。何かと世話になるだろうから、よしなに頼む。こちらは先に話した佐久間音次郎という御仁だ。かつてはわたしらと同じように公儀についておったらしい」

音次郎はあまり触れられたくないことなので、酒に口をつけた。

「ほう、そうでございましたか。わたしは桂さんの下についている同心で米沢《よねざわ》と申します」

同心のひとりが自己紹介をすると、他の者たちも自分のことを名乗っていった。

そこへ三九郎がお藤を連れてやってきた。

「おお、これは容姿艶《えん》なる美人ではありませんか」

軽口をたたく同心は顔をにやけさせた。お藤は相手にしないという涼しい顔で、下座に控えた。

「お藤と申したな。せっかくだ、酌をしてくれぬか。美しいおなごがそばにいるのに、ただ眺めているだけではつまらぬ。さ、これへこれへ……」

桂は図に乗っているのか、それともいつもこんな調子なのかわからないが、自分のそばに来るようにお藤を手招きした。

音次郎は黙って成り行きを見守るしかない。お藤は躊躇《ためら》いを見せはしたものの、ついと立ちあがって桂のそばに行ってきちんと正座をした。平静を装ってはいたが、その目には嫌悪の色が刷《は》かれていた。

「さあ、やってもらおう」

桂がご機嫌の顔で盃を差し出した。

お藤はにっこり微笑《ほほえ》んでいたが、

「勘違いしないでください。わたしは酌婦ではありません」

と、笑みを浮かべたままいった。

思いがけぬことをいわれた桂は、ゆるませていた顔を急にこわばらせた。同時に、その座敷に気まずい沈黙が広がった。

「……ほう、これは顔に似合わぬ女丈夫《じょじょうふ》と見た。たしかにそなたは酌婦ではない。いやこれは無礼を申した。アハハハ」

桂は気まずい雰囲気を払拭しようと思ったらしく、誤魔化すように笑ったあとで、

「ならばわたしのほうから、そなたに一献さしあげよう。さあ盃を」

お藤は黙って盃を受け取り、注がれた酒をくいっと一息で飲みほした。

音次郎はその様子を目の端で見ながら、手にしていた盃を高脚膳に、コトリと置いた。

第三章　雨

一

高塚村の百姓家を新たな隠れ家にした勇蔵は、奥の小座敷で重太郎と二人きりになり、さっきから密談を交わしていた。

他の者たちは居間のほうで酒を飲んだり飯を食っていた。

表には深い闇がたれ込めており、ときおり梟《ふくろう》の声が聞こえていた。

「それじゃ金を置いていくと……」

話を聞いた重太郎は、行灯の明かりを片頬に受けている勇蔵の顔を見た。

「金を持って動けば目立つ。とりあえず、関所を抜けるのが先だ。命あっての物種だ」

勇蔵は低声《こごえ》でいって煙草入れを取り出した。

「それじゃ金を隠すということですね」

「そうだ。だが、他の仲間にはこのことは知られたくない」

勇蔵はちらりと居間のほうを見ていった。

「しかし、黙っているわけにいかないでしょう。金を隠すとしてもひとりでできることではありません」

「だが、金の在処《ありか》を教えればどうなる。口では信用できるようなことをいっているが、油断のならないやつばかりだ。関所を抜けるまではおとなしく、おれの指図どおりに動くかもしれねえが、あとはどうなるかわからねえ」

「それはそうでしょうが……」

「重太郎、いざとなったら小堺さんが頼みだ」

勇蔵は垂れ下がった目に、キラッと針のような光を宿した。重太郎は喉仏を動かして、ゴクッと生つばを呑んだ。

「弁蔵が戻ってくれば、どんな按配になっているか大方わかる。だが、いざとなったら小堺さんを味方につけて、関所を抜けるんだ。それが難しいようだったら山道を伝って浜松を出るしかねえだろう」

「うまくやれますか……」

「やるしかない」

勇蔵は煙草入れを開いて、煙管をつかんだ。

「いざとなりゃ金は三人で分け、足を洗うんだ。他のやつらはもういいだろう」

「殺すとしても熊五郎は厄介ですよ」

「小堺さんがいるじゃねえか。心配するな。だが、まあそれは最後の手段だ。このことはおまえの胸にたたみ込んでおいてくれ」

勇蔵はゆっくりした所作で雁首《がんくび》に刻みを詰めた。そのとき、宿場に行っていた弁蔵が戻ってきた。

「どんな具合だ？」

勇蔵は奥の間から居間に移って、弁蔵のそばに腰をおろした。他の者たちも弁蔵に目を向ける。

「大変なことになっておりやす」

弁蔵は開口一番そういった。

「大変なことってどういうことだ？」

「まず、おれたちの人相書きがまわっています」

「それはわかっていることだが、おれたちみんなってことか……」

弁蔵は首を横に振って、

「お頭と重太郎さん、小堺さん、そしてあっしです」

といって唇を噛んだ。

勇蔵は重太郎と仁左衛門を見た。

弁蔵はそれだけじゃありません、といってつづける。

「高札場《こうさつば》におれたちのことが書かれています。それに賞金が懸けられているんです」

「賞金だと」

「へえ、おれたちを見つけた者に五十両。捕まえりゃ、ひとりにつきまた五十両……」

「五十両……安く見られたもんだ」

勇蔵は苦笑するしかなかった。

「それから関所と渡船場にも人相書きが貼られ、捕り方が手配りされています」

「関所ってのは……」

「新居と気賀《きが》の関所です。それに見付宿にも捕り方がいるといいます」

「見付にも……」

勇蔵はまばたきもせずつぶやく。

「関所を通るのは無理でしょう。浜松から後戻りもできねえってことです」

「まさか舟も使えねえっていうんじゃねえだろうな」

熊五郎だった。

「海にも見張り場が設けられてる」

「なんだと……」

「浜松の漁師にもお触れがまわっているんだ」

「それじゃ、おれたちゃ浜松から身動きできねえようなもんじゃねえか」

熊五郎は忌々しそうに酒をあおった。

「おれたちを追っているのは、火盗改めだけか？」

勇蔵はこわばらせたままの顔で、弁蔵を凝視した。

「その辺のことを調べようと思ったんですが、なにせあっしの人相書きがまわっているとわかっちゃ、下手に動けねえでしょう。ですが、城から加勢が出てるっていいます」

「城から……すると井上家の家来たちもおれたちを……」

「数はわかりませんが、十人や二十人じゃねえでしょう」

「もっと多いかもしれぬぞ。いや多いに決まっている」

口を挟んだのは仁左衛門だった。

「何しろおれたちは松平越中守の金蔵を破っているのだ。それも端金《はしたがね》じゃない。それに越中守は、将軍の片腕となっている筆頭老中だ。他国の大名の家来を動かすことなんざわけないだろう」

松平定信が老中を罷免されたことを仁左衛門らは知らない。幕閣内の人事が世間に広まることはないし、知られたとしてもずっとのちのことであり、庶民の知るところではなかった。

「お頭《かしら》、こうなったら関所破りをするしかありませんぜ」

弁蔵は勇蔵にいってから、他の者たちに同意を求めるように、「そうではないか」と言葉を足した。

「慌てるな。ここは思案のしどころだ」

そういう勇蔵ではあるが、心中は穏やかではなかった。これまで何度も危ない火矢のなかをくぐり抜けてきたが、ここまで追いつめられるようなことはなかった。ひょっとしたらおれの運が尽きかけているのかもしれないと、弱気の虫が騒いだ。

勇蔵は陰鬱な影を眉間に彫り込んだまま、しばらく黙り込んだ。仲間も息を止めたように口を閉じた。

すだく虫の声がするが、それはもう弱々しくて少なかった。

「……こうなったら」

勇蔵がつぶやきを漏らすと、みんなが一斉に見てきた。

「どうするってんです？」

そういう金次郎は怯えたような顔をしていた。

「明日、もういっぺん捕り方のことを探るんだ。やつらがどうやっておれたちを追いつめようとしているか、それを調べる」

「お頭、そんなことやるより、先にずらかったほうがいいんじゃありませんか。人相書きは四人だけで、他の者たちのことはわかっていないんです。だったら、抜け道があるはずです」

膝を乗り出していったのは金次郎だった。

「甘いな」

一言で否定したのは仁左衛門だ。

「百姓家に行った仲間のことを忘れちゃならねえ。あやつらは捕まったと考えていい。だとしたら、他の者たちの人相書きも遅かれ早かれ作られて、ばらまかれるってことだ。おまえの人相書きも明日にはできているかもしれぬのだ」

いわれた金次郎は顔を凍りつかせた。

「とにかく明日は相手の出方を調べる。それが先だ」

勇蔵は話を結ぶようにいって、そばにあった酒をあおった。

二

「もっと飲もうではないか。佐久間殿、そうかしこまっていてはせっかくの酒がまずくなる。さあ……」

桂は飲めば飲むほどにしつこくなった。

「いや、今夜はこの辺にしておきましょう」

音次郎は盃を伏せた。

「なにを固いことを……。それともわたしのことが気に食わぬか」

桂はドンと音を立てて盃を置いた。勢いで酒が飛び散った。配下の同心たちはすでに酔いの醒めた顔になっている。

「気に入る気に食わぬということではありません。そんな気分にならないだけです」

「なにをッ……」

桂の目が血走った。

「まあ、まあ、ま」

間に入ってきたのは、三九郎だった。

「桂さん、そう絡《から》むようなことをおっしゃらずともよいではありませんか。楽しい酒の席です。ねえ佐久間の旦那も、もう少し付き合いましょうよ」

剽軽《ひょうきん》な三九郎はみんなに笑顔を振りまくが、

「おい、絡むと申したな」

と、桂が形相を険《けわ》しくして、三九郎をにらんだ。

「や、それは言葉のあやです。どうかご勘弁を」

「なにが言葉のあやであるか！　きさまら御先手組《おさきてぐみ》を舐めてるんじゃあるまいな。きさまらは村垣重秀殿の手先だというから、大目に見ているのだ。わたしのせっかくの厚意を無にするようなことばかりぬかしやがって、ふざけるなッ」

桂は喚くなり、目の前の膳をひっくり返した。茶碗が割れ、銚子が倒れ、料理が畳に散らばり、吸い物がこぼれた。

「はるばる江戸から外道《げどう》を追ってきているのだ。きさまらはその手伝いをする、役に立つかどうかわからぬ手先ではないか。えらそうな口をたたくんじゃない」

「何もえらそうなことは申しておりませんよ」

極力穏やかな口調でお藤がいって、桂を眺めた。口許に笑みさえ浮かべている。

「なにを……女だからといって、手加減はせぬぞ」

「気を鎮《しず》めてくださいませんか。他の客の耳もあります。もし、そのなかに賊の仲間がいたらどうされます」

「う……」

「いわせていただきますが、わたしたちはたしかに手先として動く者です。ですが、誰の手先かご存じのはず」

「何をいいたい」

「わたしたちはお庭番の村垣重秀さんの命を受けています。その村垣さんは将軍から直々の命を受けておられる方です」

「だから何だというのだ」

「もし、わたしたちに不平をお持ちならば、村垣さんに訴えてもらえませんか。それはつまるところ、将軍のご命令に不満があると取られるやもしれませんが……」

「何を……」

桂は絶句した。

「まあ、この辺でわたしたちは下がることにいたします」

音次郎が口を挟んで言葉を重ねた。

「それに桂さんはお仲間を亡くされたばかりではありませんか。憚《はばか》りながらいわせてもらいますが、弔い酒ならもう少し静かにやられたほうがよいのではございませんか」

「なんだと……」

桂は額に青筋を立てた。

だが、音次郎は取りあわずに、三九郎とお藤に顔を向けた。

「桂さんたちは長旅の疲れもあるし、明日もあるのだ。我々はこの辺でお暇《いとま》しようではないか。いや、みなさんせっかくの席を濁して申しわけありません」

音次郎はこれ以上の気まずさを嫌い、桂たちに頭を下げた。

そのとき、ドタバタと廊下に足音があり、ひとりの男が座敷の前に現れた。

「桂さん、大変なことがわかりました」

「なんだ？」

桂は酔いの醒めた顔で男に聞いた。

「行方のわからなくなっていた同心が死体で見つかりました」

「何だと……」

やってきた男は火盗改めの鈴木和三郎《すずきわさぶろう》という同心だった。死体で発見されたのは、同じ火盗改めの同心・佐々木主税《ささきちから》だった。

死体は七軒町の外れにある竹林のなかにあったという。

さすがの桂も酒どころではなくなり、死体を見に行くことになった。

佐々木主税の死体は、問屋場《といやば》の裏に敷かれた筵《むしろ》の上に横たえてあった。

「胸を一突きされているが、おかしなことだ」

そういったのは死体をあらためた火盗改めの与力、高松小平次《たかまつこへいじ》だった。

「おかしいとは……」

桂が酒臭い息を吐いたので、高松はわずかに顔をしかめた。

「佐々木は小野派一刀流の免許持ちで、並の腕ではなかった。それが胸をひと突きされて果てている」

「佐々木は殺される前に、わたしら追っ手のことを賊に話しているかもしれぬぞ」

「口の堅い男ではあったが……」

「どんな悪党でも脅し方次第で、その口は軽くなるだろう」

桂の言葉に高松は、むっと口を引き結んだ。

さらに桂は言葉を継いだ。

「火盗改めはそんなことが得意だ。相手が悪党ならなおさらであろう」

「桂、口が過ぎるぞ。きさま酒に酔っているのか」

「酔ってはおらぬ。酒は飲んだが……」

高松はそんな桂をひとにらみしてから音次郎たちに目を向けた。

「貴殿らは……」

「へえ、村垣重秀さんの手先でござんす」

三九郎が答えた。

「あっしは水谷三九郎と申し、こちらは佐久間音次郎さん、こっちがお藤と申します。どうかお見知りおきを……」

「耳にはしていたが、おぬしらがそうであったか。とにかく、賊は浜松からも関所からも逃げられぬように手配りをしている。だが、山に分け入って逃げるかもしれぬので油断がならぬ。明日はさらに警戒の目を厳しくするが、そのほうらにも十分はたらいてもらう。して、宿はどこだ？」

「七軒町の川口屋です」

「桂らと同じ宿であるか。何かあったら使いを走らせるが、今夜のところは引き取ってもらおう」

高松がそういうので、音次郎たちは問屋場をあとにした。

「高松さんと桂さんは知り合いのようですね」

三九郎が音次郎の横に並んでいう。

「火盗改めのほとんどは元御先手組だ。同じ組にいたのかもしれぬ。それよりも、明日からのことだ。おれたちは見廻りだけでよいのだろうか……」

音次郎は宿場の先に浮かぶ星を見ながらいった。

「明日の朝にでも、いけ好かない桂さんに聞いてみましょう」

お藤がさらりといえば、

「夜が明けりゃ酒も抜けて素面《しらふ》になってるだろうからな」

と、三九郎が気楽なものいいをした。

三

夜が明けた――。

夜露に湿った庭で、雀たちがさえずっていた。

旅籠《はたご》の多くがそうであるように川口屋も、食事のときには台所に近い座敷に行かなければならなかった。

音次郎と三九郎が洗面と着替えをすませて、一階の広座敷に行くと、すでに桂たちは席について食事の最中だった。音次郎と三九郎は挨拶に行ったが、

「おぬしらはわしらの指図を受けるまでもなかろう。勝手に見廻りをすればいい」

と、桂はすげないことをいってみそ汁をすすった。他の仲間も音次郎たちと目をあわせようとしない。

「それでよろしいので……」

「おまえたちは村垣さんの手先であろう。下手におれが指図をしたことで咎められてはかなわぬからな。何しろ相手は上様の息のかかったお人だからな」

これでは返す言葉がない。

「それでは随意にさせていただきましょう」

「さあ、飯がすんだら早速出かけるとしよう」

桂は音次郎を無視して、腰をあげた。

昨夜のことを根に持っているらしいが、これでは取りつく島がない。音次郎と三九郎が離れた席に腰をおろすと、桂たちは座敷を出ていった。

「腹の立つことを。いったい何様だと思ってやがんだ。ちくしょうめ……」

三九郎は悔しそうに吐き捨てて茶に口をつけるなり、

「あっちち」

と、湯呑みを口から離した。

「よいではないか。いちいちうるさく指図されるよりは、気が楽というものだ。ものは考えようだ」

「それはそうですが、癪《しゃく》に障《さわ》りますよ。おッ、お藤ちゃんこっちだ」

三九郎は現れたお藤を手招きした。

「おれたちゃ勝手に賊捜しだ」

「勝手にって……」

「桂さんがそうしろっていうから、そうするだけだ。さあ、飯だ飯」

お藤がきょとんとした顔で、音次郎を見てきた。

「……そういうことだ」

音次郎はそういっただけで、飯に取りかかった。

「昨夜のことを根に持ってやがんだよ、あの桂って与力がよ」

三九郎が飯を頰ばりながらお藤を見た。

「昨夜のことって……」

「金玉が小せえのさ。気にするこたァねえだろう。おれたちゃおれたちでやりゃいいことだ。そっちのほうが、指図されずにすむんだから気が楽ってもんだ」

三九郎は音次郎からの受け売りを口にする。

朝餉《あさげ》をすませると、これからの探索をどう進めるべきかを三人で話し合った。

「村垣さんが来れば、また新しい種《たね》(情報)があるかもしれないが、それまでは自分たちでできることをやっておくべきだろう」

「もっともなことです」

三九郎が爪楊枝《つまようじ》で歯をせせりながら、音次郎に応じる。

「わたしもただ見廻りをするだけでは能《のう》がないと思います」

お藤も音次郎と同じことを考えていたようだ。

「関所も宿場も捕り方で固めてあるし、井上家の家臣も城下の見廻りをしている。街道筋にも見張りが配られているはずだ。だが、火盗改めの佐々木同心が賊に殺されたと考えれば、捕り方の動きを大方知っているのではなかろうか。現に高札場にはやつらのことが書かれているし、人相書きも配られている。めったなことでは姿を見せないはずだ」

「関所を通れないとなれば、街道に姿は見せないでしょう。やっぱり山を抜ける魂胆かもしれませんよ」

「賊は五千両を運んでいる。山を抜けるには荷だ」

「しかし、大金です。多少重くても苦にしないんじゃないですかね。おれだったら、死にもの狂いで運ぶと思いますよ。それに、この時分は凍えるようなこともない。その山だってたいして険しくありませんからね」

三九郎は爪楊枝を指ではじいて窓の外に捨てた。

「三九郎さんは姫街道を通ったことあるの？」

お藤がまばたきをして聞く。

「何度もってことではないが、通ったことはある」

「とにかく賊は捕り方の目をかいくぐるはずだ。もしくは……」

三九郎とお藤は同時に、音次郎に目を向けた。

「ほとぼりが冷めるまで、どこかになりをひそめている。あるいは、金を隠し身軽になって関所破りをする」

「……なるほど」

三九郎が感心したように腕を組んだ。

「しかし、長くはなりをひそめることはできないはずだ。いくら田舎とはいえ、人目につく。村の者たちは見慣れぬ人間がやってくればすぐに噂を広げる」

「だとすれば、関所破りをすると考えたほうがいいのではありませんか」

そういうお藤の目は窓から射し込む朝日を、きらきらと照り返していた。

「うむ……」

音次郎はそう応じてから、どこか遠くを見る目になった。

表から客を送り出すにぎやかな声が聞こえてきた。

「山を通らず、海かもしれぬ」

しばらくしてから音次郎はつぶやいた。

「賊は捕り方がどういう出方をするか考えるはずだ。当然、捕り方は山を抜けると考える。現に気賀宿と姫街道に多くを割いているようなことを、桂さんもいっていた」

たしかに昨夜の席で、そんな話が出ていた。

「賊は裏をかくつもりかもしれぬ。海側にも見張りを配ってあるというが、果たして万全であろうか……夜陰に乗じて舟を出すことができれば、盗んだ金もまんまと運び去ることができるはずだ」

「すると、漁師を脅すか金で釣るってこともあるんじゃ……」

三九郎が息を呑んだような顔でつぶやいた。

「海か山か二つにひとつだ。捕り方は姫街道の警戒を厳しくしている。おれたちは海側に賭けてみたらどうだろうか」

「わたしもその考えでいいと思います。無駄になったとしても、三人でできることはかぎられています」

お藤が力強く応じた。

四

勇蔵は苛《いら》ついていた。さっきからもたらされる知らせは、自分たちにとって不利なものばかりだった。

いまも百姓に扮《ふん》した金次郎がやってきて、街道のあちこちに井上家の家臣がいると告げたところだった。

「村々も見廻っているらしいし、関所を通れないばかりか、今切《いまぎれ》の渡船場にも捕り方がいる。宿場には入れない。いよいよ困ったことになったな、黒蟻《くろあり》」

仁左衛門は坂下の遠くに目をやり、カリッと柿を囓《かじ》った。

舞坂から新居に行くには、今切と呼ばれる浜名湖の湖口を舟で渡らなければならないが、その渡船場に入れないと、新居宿にはいることもできない。むろん、浜名湖を回り込むこともできるが、それには時間がかかった。

勇蔵は暑くもないのに、扇子《せんす》をあおいでは閉じ、閉じては開くを繰り返した。

「お頭《かしら》、どうします？」

金次郎が縁側の上がり口に手をついたまま、勇蔵をのぞき込むように見た。

勇蔵は黙したまま坂下の畑や遠くに見える山を眺めた。山の上には黒い雲がかかっている。西の空にもどんよりした雲がたれ込めていた。

「……雨か……」

勇蔵は小さくつぶやいた。

「へっ……」

金次郎が目をまるくする。

「雨がどうした？」

仁左衛門は囓っていた柿を遠くへ放って、勇蔵を見た。柿はまだ渋だったようだ。

勇蔵は遠くにやっていた目を、そばにいる重太郎に向け、それから仁左衛門を見返した。他の仲間は坂下で見張りをしている。

「雨が味方するかもしれないってことですよ」

勇蔵は重い口を開いてつづけた。

「雨が降れば見張りの目をかいくぐれるかもしれねえ。それが海ならなおさらだ」

「舟を使うというか……」

仁左衛門は柿の汁のついた手を、膝にこすりつけた。

「ここから海までそう遠くない。浜の漁師を雇うんだ。金をはずめばいやだといわないはずだ。いやだといったら脅してやりゃいい」

勇蔵は目に力を入れて、まわりの者たちを眺めた。

「海が時化《しけ》れば、見張りの目はにぶる」

「時化た海に出れば自分たちも危ないんじゃ……」

重太郎だった。

「お頭、時化た海なんて出られるもんじゃありません。沖に出る前に、それこそ波に呑み込まれちまいます」

そういう金次郎を勇蔵はじっと見つめた。

「そうか、おまえは船頭をしていたんだったな。すっかり忘れていた。だとすりゃ、舟さえ都合すりゃいいってことか……」

「そんなこといわれても漁師舟は操ったことがありませんで……」

「舟に変わりはねえだろう」

「おれが乗っていたのは猪牙舟《ちょきぶね》です。それに、川と海じゃ舟の扱いがまるで違います。そりゃ、やってできねえことはないでしょうが、海が荒れてりゃ無理です」

「闇にまぎれることはできる」

仁左衛門だった。

「舟を使えるんだったら夜のうちに沖に出りゃいい」

勇蔵は言葉を重ねた仁左衛門を、感心したように見た。

「よし、とにかく舟を都合するんだ。金次郎、みんなを集めてこい」

「へい」

金次郎が駆け出していった。

「そうなると雨がいやだな」

仁左衛門が空を覆いはじめている鼠色の雲を見てつぶやいた。

勇蔵も憂鬱な空を見あげた。


音次郎たちは米津《よねづ》村の浜に来ていた。

東海道の南側の村で、小沢渡《こざわたり》村の東にある寒村だが、遠州灘《えんしゅうなだ》に面した海には漁師が多い。漁の中心は鰯《いわし》漁で、これからが最盛期だという。

「盗賊が入っているってのは知ってますが、浜の者はそんなことは気にしちゃいませんで……」

半次郎《はんじろう》という漁師は手鼻をかんで、網《あみ》の補修に戻った。

浜にはいくつもの漁舟が引きあげられている。舟のそばには、頰被《ほおかぶ》りをして亭主の仕事を手伝う女房たちの姿が見られた。

「お侍、賊が浜にくりゃすぐにわかりますよ」

仕事の手を休めて半次郎が言葉を足した。

「人相書きなんていらないってもんです。あやしいやつが来たら、すぐ役人に届けますんで……」

「井上家の徒衆《かちしゅう》が見廻りをしているらしいが、ここにも来ているんだろうな」

「今日は見ないですけど、一昨日来ましたよ」

「昨日は？」

音次郎の問いに半次郎は仲間を振り返って、昨日見廻りの役人が来たかどうかと訊ねた。

「昨日は見なかったたな」

仲間のひとりが声を返してきた。

音次郎は浜の見廻りが手薄になっているのではないかと思った。

「この先にも漁師の村はあるのだな」

音次郎は西のほうを向いて聞いた。

「漁師村ってほどのもんじゃありませんが、漁師はいますよ。ですが、倉松《くらまつ》村と小沢渡村にはたいした数はいません」

「さようか。また来るかもしれぬが、賊には気をつけるんだ」

「へえへえ、お侍もお気をつけて」

音次郎はそのまま海岸沿いの道を辿って西に向かった。

「旦那、舞坂まで戻ることはないと思いますがね」

後ろからついてくる三九郎がそんなことをいう。舞坂とその宿内にある渡船場の監視は厳しくなっているかららしい。

「そうかもしれないが、ひととおり見ておきたい」

音次郎はそのまま歩きつづけた。曇った空の下で鷗《かもめ》たちが群れ飛んでいた。風が強くなってきて、鬢《びん》の後れ毛がなびいた。

米津村の浜から倉松村の浜に出たが、たしかに漁師舟は少ない。風が出てきたせいか、波が高くなり、浜の砂埃《すなぼこり》が舞いあがっていた。

「おい、おぬしら」

ふいの声がしたのは、小沢渡村の松林を抜けたときだった。

足を止めると、林のなかから七、八人の男たちが姿を現した。

五

鉢巻きに手甲脚絆、襷《たすき》がけをした男たちは、それぞれの手に槍を持っていた。

「おぬしら、どこの者だ？」

背の高い四十年輩の男が足を踏み出して問いかけてきた。

「別にあやしい者ではござらぬ。井上家の徒衆のようだが、身共らは賊の捕縛にあたっている者です」

「……まことか？」

男は疑い深い目で音次郎と三九郎、そしてお藤を眺めた。

「その女も捕り方であるか？」

「いかにもさようで……」

「捕り方であるなら身を明かすものを見せよ」

「ちゃんとありますよ」

そういって井上家の家臣に近づいたのは、三九郎だった。懐から手札を出して示した。お庭番の村垣から渡された手札であり、勘定奉行の押印がある。なぜ勘定奉行かというと、お庭番の調査費用である手当金が、勘定奉行の認可で出されるからだった。

最前の徒がその手札に視線を凝らした。

「……なるほど間違いないようだな。目付や火盗改めも件《くだん》の賊を追っているので、見分けがつかぬのだ。いや、失礼を申した。拙者は井上家の吉村精三郎《よしむらせいざぶろう》と申す」

徒は名乗ってから三九郎に手札を返して、

「それで何かござっただろうか？」

と聞いた。

「何もありませぬが、賊は舟を使って逃げるのではないかと思いまして、見廻りをしているところです」

音次郎は吉村精三郎の後ろに控えている徒衆をひと眺めした。

吉村の家来は六人である。

「海の見張りは怠っておらぬ。賊が舞坂に入ることはまずできない。その手前に馬《ま》郡《ごおり》村があるが、その村も厳重な見張りをしている」

「海岸の見張りはお手前方だけでしょうか？」

「もう一組いるが、交替で見廻りをしている」

「それも七人でしょうか」

「いかにもさよう。海の見廻りはご苦労であるが、身共らで十分であろう。お手前らは城下の見廻りにあたられたがよいだろう」

吉村は自信ありげにいう。

「せっかくここまで足を運んできましたので、もう少し浜の様子を見て引き返すことにしましょう」

「それが賢明であろう。しかし、相手は一筋縄ではいかぬ悪党のようだ。十分気をつけられたがよい」

「ご心配痛みいります」

音次郎が慇懃《いんぎん》に頭を下げると、吉村たち徒衆はそのまま東のほうに向かっていった。

「旦那、馬郡を厳しく取り締まっているようですから、その手前まで行って引き返しますか」

三九郎が吉村たちを見送ってからいった。

「そうするか。それに村垣さんにも会わなければならない」

音次郎が三九郎に応じたとき、ぽつんと頰をたたくものがあった。

雨である。

「いよいよ降ってくるか」

三九郎が空を見あげた。

勇蔵たちは百姓姿になって高塚村から小沢渡村に移動していた。防風林になっている松並木の近くであった。金次郎と留之助が例によって大八車を引いていた。

荷は金箱であるが、藁束《わらたば》で覆ってあり、傍目《はため》にはわからないようにしてある。その後方に勇蔵と重太郎がついている。

「雨になっちまいましたね」

勇蔵についている重太郎がつぶやいた。

「長雨にならなきゃいいが……」

応じた勇蔵は、立ち止まってあたりを見た。さっきまで百姓家が見えたが、その辺は閑散とした畑が広がっているだけだった。小降りではあるが、雨のせいで周囲の風景が荒涼として見える。

「家がないな」

勇蔵は背後を振り返った。仲間の姿がない。集団で移動するのは目立つので、わかれて動いているのである。

「海から少し離れたほうがいいのかもしれません。浜に舟も見あたりませんし……」

重太郎がいうように、たしかに小舟一艘《そう》見かけない。勇蔵は雨をしのぐ場所を見つけるのが先だと思った。

「街道のほうへ……」

勇蔵はつづく、「戻ってみるか」という言葉を呑み込んだ。前を行っている金次郎と留之助が、慌てて大八車を林のなかに引き入れたからだった。

「なんでしょう?」

重太郎が怪訝そうな顔を勇蔵に向けた。

そのとき、金次郎が姿を見せて、狼狽《うろた》えたように手振り身振りで隠れろという合図を送ってきた。

勇蔵は背後を振り返った。後ろには弁蔵や久兵衛たちがいる。だが、知らせることではきなかった。

「隠れるんだ」

危険を察知した勇蔵は、重太郎の袖を引くと、松林の奥に駆け込んで身をひそめた。

金次郎たちがなぜ慌てたのかはすぐわかった。槍を持った徒衆がやってきたのだ。

勇蔵は身をひそめた木陰で息を詰めて、徒衆の様子を窺《うかが》った。

「捕り方ですよ」

重太郎が低声《こごえ》を漏らした。

「後ろのやつらは大丈夫だろうか……」

勇蔵はそういいながら捕り方の人数を数えた。

七人――。

もし、後ろから来る仲間とかち合ったら、騒ぎになる。斬り合いになるだろうが、そのときは討ち漏らしてはならない。

やがて七人の捕り方が先の道を通り過ぎていった。大八車には気づかなかったようだ。

「お頭、どうします」

重太郎がこわばった顔を向けてきた。勇蔵には答えることができない。万が一遅れてやってくる者たちが捕まったら、また計画を変えなければならない。

「待つしかない」

捕り方の姿が遠くなってから、勇蔵と重太郎は林のなかを用心しながら抜けた。

「見えなくなりました」

「重太郎、悪いが様子を見てきてくれ。おれは大八車のそばで待っている。気をつけてゆくんだ」

重太郎は気乗りしない顔だったが、渋々と来た道を引き返していった。それを見送ってから勇蔵は大八車のところへ向かった。

雨の降りが強くなり、乾いていた地面が黒くなった。

六

捕り方を見に行った重太郎は、仲間を連れて戻ってきた。そのことに、勇蔵はホッとため息をつかずにはおれなかった。

「やつら雨のせいで足を急がせて、どこかへ行ってしまいましたよ」

遅れてやってきた久兵衛が頬被りを外していった。

雨の降りがだんだん強くなっている。

「見つからなかったのはなによりだ。それより雨をしのぐ場所を見つけるんだ」

「街道のほうに戻るしかないだろう」

そういう仁左衛門も百姓のなりをし、莫蓙《ござ》で巻いた刀を抱きかかえていた。

「そうしよう。捕り方はしばらくやっちゃこないだろう」

勇蔵は先頭に立って、つぎの脇道から北のほうへ向かった。

ほどなく行ったところに小さな小屋が見えた。小屋のなかで火を焚いているらしく、蔀戸《しとみど》から煙が出ている。まわりに人家はない。

「誰か見てこい」

勇蔵の指図で、熊五郎と留之助が踏み分け道を辿って小屋に向かった。小屋のそばには小さな林がある。

熊五郎が小屋のなかに入った。少し遅れて留之助もつづいたが、すぐ表に出てきた。

「お頭、大丈夫です」

留之助の声でみんなは小屋に向かった。

勇蔵が小屋にはいると、ひとりの男が怯えた顔で隅に座っていた。そばに鎖鎌を持った熊五郎がついている。

「お前さんの小屋かい？」

男は声もなくうなずいた。真っ黒に日焼けした男だった。

「ちょいと雨宿りさせてもらうよ。いいかい？」

勇蔵は言葉やわらかにいって、火のそばに腰をおろした。

「そうビクつくことはない。おれたちは何もしないさ。それともおれの顔でも知ってるってんじゃないだろうな」

勇蔵はたれ目を光らせていう。

「知りません。……何もしないでください」

男は臆病な兎《うさぎ》のように目をきょろきょろさせた。

「何もしやしないさ。それで、おまえは何をしている男だ。この辺の百姓か……」

「野良仕事もやりますが、漁師もやってます」

勇蔵はキラッと目を輝かした。

音次郎たちは馬郡の手前で東海道に戻り、足を急がせていたが、いよいよ雨が強くなったので、高塚村に入ったところにある葦簀《よしずば》張りの茶店に駆け込んでいた。

「降りが強くなってきたな」

音次郎は茶を飲みながら太い斜線を引く雨の筋を眺めた。

往還には早くも水溜まりができ、たたきつける雨が飛沫《しぶき》をあげている。

茶店は粗末な葦簀張りだから、雨漏りもひどいし、足許にも水がたまりはじめていた。

店の亭主は茶を出したら、奥の暗がりに腰掛けて、のんびり煙草を喫《の》んでいた。

「こりゃ、やみそうにないな」

三九郎が辟易《へきえき》した顔でつぶやき、奥にいる亭主に、

「亭主よ、傘は売ってないのか？」

と聞いた。

「ありません。塵紙《ちりがみ》とか草鞋ならありますが……」

「それじゃ傘の代わりにならねえだろう」

亭主は何も答えずに、座っている腰掛けに煙管の雁首を打ちつけて灰を落とした。

「どうします？　やむのを待ちますか……」

「しばらく様子を見ましょうよ。小降りになるかもしれないじゃない」

音次郎の代わりにお藤が答えた。

「村垣さんはそろそろ浜松に入ってるんじゃねえかな」

「だったら川口屋で待っているはずよ」

「あの旅籠まで、一里はたっぷりあるな」

「あるわね……」

「戻ったら賊が捕まってたってことにならねえかな」

「そう願いたいところだ」

音次郎はそういって、亭主に茶のお代わりを頼んだ。

「この雨はやみませんよ」

茶を淹《い》れに来た亭主がいう。

「そうなりゃ仕事あがったりだから、店を閉めるしかない」

「亭主の家はこの近くか？」

「へえ、すぐそばですよ。いつもは畑仕事してんですが、今日は女房の代わりなんです。稲刈りまでは暇ですからね」

「賊のことは聞いているか？」

「へえ、聞いております。物騒なことです。お侍も賊を捕まえるお役人で……」

「うむ。見廻りをしていて、この雨に祟《たた》られてな」

「ご苦労なことです」

そのとき簑笠を被った男が、店に飛び込んできた。

「甚兵衛《じんべえ》さん大変だよ」

「なんだい、慌てて……」

「名主が殺されたんだよ」

「えッ！　いつだい？」

「わからねえ。とにかく来てくれねえか。ひょっとすると例の賊の仕業《しわざ》かもしれねえ」

「その名主が殺されたのはどこだ？」

音次郎が立ちあがって聞いた。

「すぐそばです」

簑笠を被った男は、青い顔を音次郎に向けた。

七

小屋にいた男の名は喜助《きすけ》といった。

「舟をもう一艘都合できないか」

勇蔵は喜助を口説《くど》いていた。他の仲間は狭い小屋のなかに腰をおろし、濡れた体を拭きながら勇蔵と喜助のやり取りを見守っていた。

小屋は喜助が漁をするときの番小屋だった。

「もう一艘……でも、どうしてそんなことを……」

「困っているんだ。人助けだと思って力を貸してくれ。やってくれたら褒美ははずむ。これはその前金だ」

勇蔵は懐から取り出した財布を、喜助に渡した。それはずしりとした重みがあり、受け取った喜助は目をしばたたいた。

「遠慮はいらないから中身をたしかめてみな」

喜助は黙したまま、財布を開いて、ハッと驚いたように息を呑んだ。勇蔵は勘定していないが、一分銀だけでも四、五十枚は入っていた。四十枚なら十両だ。その他にも一朱銀や一文銭が入っている。

「もう一艘舟を都合しておれたちを乗せてくれたら、二十両の礼金を出す」

「に、二十両……」

喜助はまばたきもせず、声をうわずらせた。

「それでどこへ行くんです？」

「新居の先だ。できれば御油《ごゆ》あたりまで行ってくれるとありがたい」

「御油……それなら岬をまわりこまなければなりません。それはできることじゃありません」

「なぜだ？」

「あっしの舟ではそんな遠乗りはできません」

「だったらどこまでなら行ける？」

「せいぜい白須賀の近辺までです」

勇蔵は少し考えた。問題は新居の関所を越えることである。

「いいだろ。それじゃ白須賀の近くまでおれたちを乗せていってくれ」

喜助は勇蔵から視線を外し、他の者たちを用心深そうに見た。

「二艘で八人ですか……。ちょいときついかもしれません」

「大事な荷もあるんだが、それも勘定に入れてくれ」

「目方は軽いですか？」

「そうでもない。軽く大人二人分といったところだろう」

「それじゃもう一艘増やすか、もっと大きな舟をどうにかしないと……」

「どうにかするんだ。これはおまえさんにとって、願ってもない稼ぎになる。なぁ、困っているおれたちを助けると思って手を貸してくれ」

勇蔵はじっと喜助を見つめた。

二人の間にある焚き火が、小さく爆《は》ぜた。煙が蔀戸から吹き込んでくる風に攪乱《かくらん》された。庇《ひさし》を落ちる雨が、ぼとぼとと大きな音を立てていた。

「……わかりました。何とかなると思います」

喜助の言葉に、勇蔵はホッと短く嘆息した。

名主の家は、短い坂を上った高台にあった。

茶店の甚兵衛と呼びに来た庄八《しょうはち》といっしょに、その家に入った音次郎は、まず小屋に寝かせられていた死体を見た。

他にも村の者が二人いて、がっくり肩を落とし、名主夫婦の死を悼《いた》んでいた。殺された名主は源内《げんない》といって面倒見のいい男だったらしい。

「こんないい人が……」

甚兵衛も無惨な姿になった名主夫婦を見て悲しい顔をした。名主夫婦はただの一刀で殺されていた。しかし、使われたのは刀ではないようだった。

「殺されたのはいつでしょう？」

死体の傷に目を凝らしている音次郎に、お藤が訊ねた。

「……たしかなことはいえないが、おそらく一日はたっているだろう。凶器は刀ではないようだ」

「お侍さん、どうすりゃいいんでしょう？」

甚兵衛が泣きそうな顔で聞いてきた。

「このことを村役か、見廻りをしている捕り方に伝えるんだ。ひょっとすると、手配りされている賊の仕業かもしれない」

「それじゃ、ひとっ走りしてきます」

音次郎に応じた甚兵衛は、そのまま雨のなかに飛び出していった。

「殺されているのはこの夫婦だけで、他にはいないんだな」

音次郎は死体のまわりに立つ村の者を見た。

「いません」

言葉少なに庄八がいう。

「家のなかを見てみよう」

音次郎はそのまま母屋に向かった。

飼われている鶏が、縁の下でコッコッコと小さく鳴いていた。雨は少し落ち着いてきたが、それでもやむ気配はない。

母屋に入った音次郎は、まず居間に茶碗や湯呑みが転がっているのに目をつけた。ひとつ二つではない。炊事場も散らかったままだ。煮炊きした形跡があり、竈《かまど》にはまだぬくもりがあった。

板敷きの間にはいくつもの足跡が残っている。箪笥《たんす》も物色されている。

「旦那、こりゃ例の賊かもしれませんよ」

家のなかを見てまわっていた三九郎が音次郎に顔を向けた。さらに、床をじっと見ていたお藤が、

「少なくとも五人の足跡があります」

といった。

「下手人のものと思われる足跡は庭にはなかった。もっともこの雨で消えてしまったのだろうが、賊は五人より多いかもしれぬ。それに、やつらは……」

音次郎は雨戸の向こうに視線をやった。

景色は雨にけむっていた。

「なんです？」

三九郎が怪訝そうな顔を向けてきた。

「百姓に化けているかもしれぬ。やつらは名主を殺す前に、いやとうに捕り方の動きを知っているはずだ。人相書きがまわっているのも知っているだろう。ならば、捕り方の目を誤魔化さなければならない。村人にもあまり顔を合わせないようにしているはずだ」

「それじゃ固まって動いてはいませんね」

お藤が目を厳しくしていう。

「当然、わかれて動いているだろう。だが、金があるから、そう離れては動いていない。竈にはまだぬくもりがあった。ひょっとすると、賊は近くにいるかもしれない」

音次郎は名主殺しは、黒蟻の勇蔵一味の仕業だと考えていた。

しばらくして、息を切らしながら甚兵衛が戻ってきた。名主の家で殺しがあったことを村役に伝えたといい、

「村役の家で妙なことを聞いたんです」

という。

「どんなことだ？」

「へえ、雨の降る前に大八車を引いていく百姓を見たそうなんですが、そのまわりに五、六人の男がいたというんです。人の集まる寄合とか公役のあるときならめずらしくないので、妙だと……」

音次郎は目を光らせた。

「その百姓たちがどっちに向かっていたか聞いていないか？」

「海のほうだといってました」

第四章　役人狩り

一

雨は夕刻には小降りになった。それでも空はどす黒い雨雲にすっぽり覆われているので、あたりはもう夜のような暗さだ。

小屋の持ち主である喜助に金次郎と久兵衛がついて舟の調達に行き、留之助と熊五郎が食糧を仕入れに行っている間、勇蔵は残っている四人でこれからのことを話しあった。

「面倒なのは浜に見廻りがいることだ。おれたちも見たが、あんまりうろつかれると厄介だ。舟を出す前に片づけたほうがいいんじゃねえか……」

勇蔵は仁左衛門、重太郎、弁蔵の顔を順番に見ていった。

「見廻りの数は七人でしたね」

重太郎がいう。

「そうだ。たいした数じゃねえし、井上家の下っ端だろう」

「小堺さん、あんたの出番ですよ」

重太郎は仁左衛門を見た。

「おれひとりで斬れというか。相手は七人だぞ」

「熊五郎がいます」

「……逃げるやつがいるかもしれぬ。そうなったらことだ。金次郎に助《すけ》をさせよう」

「いいでしょう。ここで夜を明かしたら、明日のうちに片付けてもらいます。雨がやめば、明日の夜は自由の身だ」

「金は舟を降りてから分けるんですね」

聞いたのは錠前破りの弁蔵だった。

「そのつもりだ」

「つもり……」

弁蔵は眉間に八の字のしわをよせて勇蔵を見た。

「……舟を降りたからといって安心できるわけではない。様子を見てからってことだ。

妙な勘繰りをするんじゃねえ」

勇蔵は疑り深い弁蔵を今回かぎりで切り捨てるつもりでいた。長年、錠前破りの腕を買って手下につけてきたが、近ごろ鼻につくようになっている。気に入らない者を、いつまでもそばに置いておく勇蔵ではなかった。

「弁蔵、やつらの帰りが遅い。ちょいと表を見てきてくれ」

「へえ」

弁蔵はすぐに小屋を出ていった。

さっきまで外の明かりが戸板の隙間に見られたが、いまは蠟燭《ろうそく》をつけている小屋のほうが明るくなっていた。

「小堺さん、無事に舟を降りたら弁蔵を片づけてもらえますか」

勇蔵は弁蔵の足音が消えてから、仁左衛門を見た。

「やつを……」

「今度の仕事で仲間をずいぶん失った。それに、ここまで来て捕り方に足止めを食らっているし、大層な警戒ぶりだ。人相書きまで作られちまった。そろそろ潮時かもしれねえ」

「足を洗うというか……。大盗賊黒蟻《くろあり》もずいぶん弱気なことをいいやがる」

「いやいや引き時は、常から考えていたんですよ。ついては、分け前は少しでも多いほうがいいでしょうに……」

勇蔵はじっと仁左衛門を見て、たれ目の奥に光を宿した。

「なるほど、そういう腹づもりであるか。おぬしはやはり悪党だわい」

カラカラと仁左衛門が笑ったとき、表に足音がして留之助と熊五郎が戻ってきた。両手に食い物と飲み物を抱えたり提《さ》げたりしている。

弁蔵も戻ってきて、小屋のなかに腰を据えた。それからほどなくして、舟の調達に行っていた喜助たちも戻ってきた。

「舟はどうした？」

勇蔵は喜助に聞いた。

「へえ、明日の朝一艘《そう》借りる算段をつけました。旦那さんたちのことは何もしゃべっておりませんで……」

喜助はすでに勇蔵たちが何者であるか知っていた。勇蔵は隠しておいてもしようがないと思ったし、かえってそのことで喜助が従順になると読んでいた。いずれ、死んでもらう男なのでかまうことはなかった。

勇蔵は喜助といっしょに行った久兵衛を見た。

「お頭《かしら》、心配いりません。あっしがそばにいたんですから。ですが、舟と船頭はいっしょです。そうでなきゃだめだとぬかすんです」

「かまわねえさ。船頭がいなきゃ舟を操ることができねえ」

「それからちょいと気になる話が出たんです」

久兵衛は豆粒のような目を見開いてつづけた。

「あっしらに賞金が懸かってるんで、賞金目当てにうろついてる野郎がいるってんです。博徒崩れの与太者らしいんですが……」

「そいつらはおれたちを捜しているっていうのか？」

「どうもそのようで。どこをうろついてるかはわかりませんが……」

「チッ、面倒なやつがいるもんだ」

勇蔵は留之助が仕入れてきたにぎり飯にかぶりついた。

「明日の昼間はこの小屋のまわりを見張る。変な野郎が来たら、遠慮はいらねえ」

「見廻りの捕り方だったらどうします？」

手拭いで首筋を拭きながら弁蔵が聞いた。

「見廻りは……始末する」

勇蔵はそういって仁左衛門から熊五郎に視線を移した。

「熊五郎、明日は小堺さんといっしょに役人狩りだ。おれたちを捜しまわっている役人に出会わなきゃ何もしなくていい」

「賞金目当ての与太者はどうします？」

「そいつらがどこにいるかわからねえだろう。とにかく明日の昼間はじっとして、日が落ちたらころ合いを見計らって舟を出すまでだ」

勇蔵は飯にかかった。

「今夜一晩は雨だろう。見廻りの役人もじっとしているはずだ。ゆっくり体を休めて明日に備えようじゃないか。もっとも狭い小屋だが、明日までの辛抱だ」

重太郎が仲間を諭《さと》すようにいって、沢庵《たくあん》をポリポリいわせた。

二

その夜、音次郎とお藤は茶店の甚兵衛の家に泊まることにした。

三九郎は旅籠《はたご》に戻り、村垣を待ち、明日の朝早くやってくることになっていた。

晩飯を馳走になった音次郎とお藤は、縁側に腰をおろして雨の降っている暗い闇を眺めていた。そばにある行灯《あんどん》の明かりが、開け放した縁側の外にこぼれ、雨の斜線をわずかに照らしていた。

静かな夜であるが、居間では甚兵衛の家族がにぎやかに話していた。甚兵衛には女房の他に三人の男子がいた。十五歳の長男と十四歳の次男が甚兵衛の畑仕事と漁を手伝い、九歳の三男は寺子屋に通っていた。

「どうやら佐久間さんの勘があたったようですね」

お藤がぽつんといった。

「それはまだわからぬ。だが、名主を殺したのが黒蟻一味だったとすれば、浜に近い村にいるということになる」

「賞金めあての野盗なら、無駄な殺しはしないと思いますが……」

「さあ、どうだろうか。世の中には些細《ささい》なことで人を殺《あや》める愚か者もいる」

「……そうですね」

お藤はそういって、酒をもらってこようかと音次郎を見た。

「いや、もう十分だ。過ぎると明日に応える」

「それじゃお茶でも……」

「うむ」

音次郎が応じると、お藤が居間に茶をもらいに行った。その後ろ姿を何気なく見てから、表の闇に視線を戻した。

前の役目を果たすおり、音次郎はお藤に心を迷わせたことがある。それはお藤も同じだったようだが、いまはその思いを胸のうちにたくし込んでいる。

たしかにお藤は魅力的な女だが、きぬをないがしろにはできない。そのことをお藤もわかってくれたのか、以前のような熱い眼差しを向けてくることはない。

闇の遠くを見つめて、白須賀にいるきぬはいまごろ何をしているだろうかと思った。昼間はともかく、白須賀《しらすか》の家は宿場から離れた人気《ひとけ》のないところにある。女ひとりで、さぞや心細い思いをしているのではないだろうか。早く帰ってやりたいが、そうするには自分たちが盗賊を捕まえるか、他の捕り方が賊を押さえなければならない。

お藤が二人分の茶を持って戻ってきた。

「それで明日はどうされます？　どうぞ……」

音次郎は茶を受け取った。

「まずは明日の朝、三九郎の話を聞いてからだ。他の捕り方に変わったことがなければ、海岸の見廻りをする」

「井上家の見廻りにまた会うかもしれませんよ」

「会ったら、名主の家で起きたことを教えてやればいい。賊が海岸沿いにひそんでいるかもしれないのだ」

「もし、海のほうに来たとしたらやはり舟を使う気でしょうね」

「そうだろう。浜の漁師には注意が与えられているが、十分とは思えぬ。やつらは金を持っている。金に釣られる漁師がいてもおかしくはない」

「すでに舟を出していたら……」

それはないと、音次郎は否定した。

「甚兵衛の話では、この雨では舟は出せないらしい。今夜も波が高いので無理だという。もっとも今夜のうちに雨がやみ、波が穏やかになっていたら明日の朝、動くかもしれないが……」

音次郎はそのことを危惧していた。しかし、雨はしつこく降りつづけているし、甚兵衛の話だとまだ海は荒れているということだった。

「もし賊がこの近くにいるとしたら、明日が勝負ですね」

「うむ」

音次郎はお藤をまっすぐ見てうなずいた。

三

夜が明けはじめている。

板戸の隙間からのぞける表が明るくなったのだ。それに鳥たちがさえずりはじめた。

狭い小屋のなかで雑魚寝《ざこね》をしていたが、勇蔵はそれほど疲れを感じていなかった。

土座《どざ》に敷かれた筵《むしろ》から、ゆっくり半身を起こした。

まず、仲間の頭数を数える。誰も裏切って逃げている者はいない。そもそも盗人の集まりである。勇蔵は心の底から仲間を信用していない。

板壁にもたれていた喜助が目を覚ました勇蔵に気づいて、

「早いですね」

と声をかけた。

「まだ雨が降っているな」

「へえ」

立ちあがった勇蔵は蔀戸《しとみど》をあけた。

夜の闇は払われつつある。東の空に、かすかな明かりがにじんでいる。だが、細絹のような雨が降りつづいている。

勇蔵が起きたことで、他の仲間もつぎつぎと目を覚ました。

「喜助、海を見に行こう」

「まだ早いのでは……」

「波を見るんだ。金次郎、おまえもついてこい」

勇蔵は喜助を先に立たせ、金次郎を連れて小屋を出た。喜助の家は小屋から五町ほど北に行った倉松村にあるという。

昨夜、家に帰らないと、身内が心配すると泣き言を漏らしたが、

「ならねえ。大金を手にできるんだ。二、三日心配させてもどうってことねえだろう。どっちが得か、秤《はかり》にかけるまでもないはずだ」

と、勇蔵はいいくるめていた。

松林を抜けて砂浜に出る手前で立ち止まった。潮風が強く吹きつけてきた。波は高くはないが、白い牙《きば》を見せていた。

「この海に舟を出せるか?」

勇蔵は金次郎に聞いた。

「無理でしょう。喜助、どう思う?」

「死にに行くようなもんです」

喜助はにべもなくいって、

「海が荒れてなきゃ、漁師舟はいまごろ沖に向かっているか、もう漁をはじめています。見てのとおり、一艘も見えないでしょう」

といった。

たしかに荒れた海に舟の姿は見あたらなかった。

「もう一艘の舟はどこにある?」

「五町ばかり行った浜にあります。見ますか?」

「見ておこう」

喜助の舟はその浜にある岩場に舫《もや》われていた。勇蔵はその舟を一瞥《いちべつ》して、喜助のあとにしたがった。砂浜は歩きにくいので、浜沿いの道を歩く。

あたりが次第に明るくなってきた。東の空に浮かぶ雲の割れ目から、一条の光も射していた。

喜助の仲間の漁師舟は、浜に引きあげられ、陸《おか》にある松の幹にしっかりつながれていた。

しかし、それはさほど大きな舟ではなかった。喜助の粗末な舟とたいして変わり映えしない大きさだ。

「おい、喜助。これでおれたち八人を乗せることができるのか。荷もあるんだぞ」

「ギリギリです。ほんとはもう一艘仕立てるか、二人ばかり少ないといいんですが……」

勇蔵は顔に張りついてくる雨を、掌《てのひら》でぬぐって考えた。

舟を増やせば、船頭役の漁師も雇うことになる。そうなると面倒だ。できるだけ自分たちのことは知られないほうがいい。

すると、二人減らすしかないということか。ならば誰にしようかと、頭の隅で考える先に答えは出ていた。

豆粒の久兵衛と錠前破りの弁蔵……。

長い付き合いだったが、しかたない。

「喜助、今夜はどうだ。天気がよくなりそうだが……」

しばらく空を眺めていた喜助は、雲が動いているとつぶやき、

「風はやむかもしれません。すると波もおさまりますから、出せるかもしれません」

喜助の言葉を受けた勇蔵は、そうなってくれと祈らずにはおれなかった。

小屋に引き返すために、松林の道に入ったすぐのことだった。

「お頭……」

突然、金次郎が袖《そで》を引いて一方を示した。

ずっと先の畑道に、槍を持った三人の捕り方が見えたのだ。勇蔵は表情を固めると、
捕り方を凝視したまま、

「喜助、こんな早くに捕り方が動いていやがる。どういうことだ」

と訊ねた。

「朝飯でも取りに行ってるんでしょう。お役人の使っている家があるんです」

「それはどこだ？」

「ここから十町ほど行ったところです」

「なんだと……」

勇蔵は目を剝いた。そんな近くに捕り方が張っているとは思わなかった。

「見廻りは日に何度ぐらいやっている？」

「わかりませんが、見ない日もあるし、見る日は何度もあります」

勇蔵は唇を嚙んだ。

こうなったら見つかるより先に手を打つしかない。

「喜助、その家には何人いるかわかるか？」

「いつも見るのは七人ですから……七人でしょう」

何とかできる数だ。

「急いで戻るぞ。海を見に来てよかった。幸先《さいさき》がいいというもんだ」

「お頭、どうするんです？」

金次郎が横に並んで聞いた。

「……小堺さんと熊五郎にひと働きしてもらうんだ」

四

黒蟻の勇蔵一味捕縛のために、海岸の見廻りを命じられている井上家の徒頭《かちがしら》・吉村精三郎は、倉松村にある空き家を借りていた。家は古くて傷みがひどく、昨日はあちこちに雨漏りがあったが、それも慣れるとどうということはなかった。

食事は自炊の必要がなく、近所の百姓家が持ち回りで面倒を見てくれていた。なにしろ井上家の大事な家臣であるから、村の者たちは細かな気配りをしてくれる。

「城詰めは窮屈だが、この見廻りは楽でいい」

吉村がそういうように、配下の徒衆も、

「この役目はほんとうに気楽ですなあ」

と、口を憚《はばか》らない。

井戸で顔を洗って座敷に戻ると湯が沸いていた。手下の若い者が、気を遣って茶を淹《い》れてくれる。

城に勤めているときは、周囲はおおむね上役ばかりだから、いつもお辞儀をして歩かなければならないが、今回の役目では自分が指揮を取る頭《かしら》だから、その必要がない。これをしろ、あれをしろと指図をすれば、下の者ははいはいと聞いてくれるし、村の者たちは丁重なもてなしをして、井上様の御家中のお侍といって敬《うやま》ってくれる。

「吉村さん、今日はどのようにいたされます？」

茶を淹れてくれた手下が聞いてきた。

「今日は雨もあがるだろう。のんびり浜を見廻って馬郡《まごおり》まで行き、湯に浸《つ》かって帰ってこようではないか」

馬郡には別の見廻り組がいた。やはり七人である。

「それにしても賊はいっこうに見かけませんね」

「やつらはきっと姫街道のほうであろう。おそらく山を伝って関所破りをする腹だ。浜に来ることはなかろう」

「拙者もこっちの見廻りは無駄ではないかと思っていたのです」

「おいおい、そんなことをいっていいのか」

仲間にたしなめられた手下は、ぺろっと舌を出して肩をすくめた。そのとき、飯を取りに行っていた者たちが、大鍋を提《さ》げて戻ってきた。

「今日は貝の具の入った粥《かゆ》でございます」

「おお、それはありがたい。正直なところ、昨夜の酒がちと残っていたのだ」

吉村は相好を崩して鍋の前に座ると、蓋《ふた》を取った。

たちまち湯気が立ち昇り、顔を覆った。

「うまそうな匂いだ。みんな、飯に取りかかる。まいれまいれ」

吉村の声で朝の支度を終えた者たちが鍋を取り囲んだ。

ガラッと、戸が引き開けられたのは、まさにそのときであった。

百姓の身なりをした瘦身《そうしん》の男がひとり、抜き身の刀を持って現れたのだった。その背後にも百姓らしき大男がいた。こちらは鎖鎌《くさりがま》を手にしていた。他にも何人かいるようだったが、吉村はたしかめる余裕がなかった。

「何用だ」

と、椀を持ったまま聞いたとき、戸口を入ってきた瘦身の男がいきなり斬りかかってきたのだ。

「うわっ……」

戸口そばにいた男が悲鳴をあげると同時に、血飛沫《ちしぶき》をあげて倒れた。

「狼藉者《ろうぜきもの》だ！」

吉村は粥の入った椀を投げつけると、背後の刀を取るために手をのばした。他の者たちもそれぞれに刀を抜いたり、槍を構えたりしていたが、やってきた男たちは怒濤《どとう》の勢いで斬りつけてきた。

鎖鎌がうなり、しごかれた槍が突き出され、白刃が閃《ひらめ》いた。

粥の入った鍋がひっくり返り、破れ障子が倒れ、土壁が血に染まる。

吉村はうちかかってくる男の刀をはじき返し、下から斬りあげる。男は背後の雨戸ごと表にひっくり返るが、すぐさま立ちあがって、脛《すね》を払いに来た。

その間にもあちこちで悲鳴やうめく声が聞こえていた。吉村は必死の思いで目の前の男を倒そうとするが、振りあげる刀が欄間《らんま》にかかったり、単に柱を斬りつけたりと悪戦苦闘を強いられた。

「なにやつだ！　もしやおぬしらが……」

肩で荒い息をして腰を低めたとき、背中に強烈な衝撃を受けた。そのまま前のめりに倒れ、素早く起きあがろうとしたができなかった。

眼底に鈍い光を放つ刃が迫ってきた。吉村は「斬られる」と思った。瞬間、脳裏に「死」という文字が浮かび、その恐怖に戦慄《せんりつ》した。

「斬るなッ！」

鋭い一喝と同時に、自分を斬りに来ていた刀が払われ、ガチーンという鋼の音が耳《じ》朶《だ》にひびいた。

吉村は恐怖に目を見開き、息を詰めていたが、まだ自分が生きていることを知った。

一瞬どうなったのかわからなかった。

「きさまがこの連中の指図役か……」

喉《のど》に冷たい刃があてられ、そんなことを聞かれた。

そっと視線をあげると、最初に侵入してきた痩身の男だった。頬被《ほおかぶ》りをしていたが、いまはそれが取れ、髷《まげ》がのぞいている。百姓髷ではない。

吉村はその顔をじっと見て、驚愕したように開いていた目を、さらにハッと瞠《みは》った。

人相書きにあった男とそっくりだ。

人斬りの異名を持つ小堺仁左衛門である。

「どうなのだ」

再度、仁左衛門が訊ねた。

吉村は恐怖に怯《おび》えながら、そうだというようにうなずいた。声が喉《のど》に張りついて出てこなかった。

板の間はすでに血の海となっていた。土間にも居間にも倒れている若い徒がいる。戸口で息絶えている者もいた。さっきまで冗談をいっていた自分の配下の者ばかりだ。

「ゆっくり起きて座るのだ」

刀を突きつけられている吉村は、おとなしく仁左衛門の指図にしたがった。身を起こし、ゆっくりと膝を揃えて座った。背中に痛みがあったが、斬られてはいないようだ。

「六人を斬った。きさまを入れて、ここには七人。他にはいないか?」

「……いない」

声がふるえていた。

仁左衛門のそばには、鎖鎌を持った大男がいる。そして、もうひとり若い男。これはさっき自分と斬り合った相手だった。

「何人で浜の見廻りをしている?」

仁左衛門はつぎつぎと質問を繰り出してきた。

人相書きはどこに手配りされている？　その人相書きは誰々だ？　捕り方はどこに配置されている？　その捕り方の人数は？　舞坂宿の警備はどうなっている？　浜松宿の取締りはどうなっている、などなど。

喉に刀をあてられている吉村は、いまにも斬られるという恐怖と戦いながら、聞かれることに素直に答えていった。

誰か助けに来てくれないかと何度も思いながら、仁左衛門に命乞いもした。

しかし、聞かれることにすべて答えたとき、喉にあてられていた刀が横に引かれた。

五

雨がやみ、空に浮かぶ雲間に青空がのぞいた。

森のなかで休んでいた鳥たちが一斉に鳴きはじめ、空に鳶《とび》が舞った。

勇蔵は小屋の外に出て、仁左衛門の話を聞いていた。

「すると、浜の見廻りをするもう一組が馬郡に詰めているということか」

「それも七人だけ」

「その見廻りも昼過ぎまでは馬郡にいるのだな」

「そういう話であった」

「浜の漁師らには村役からのお触れがまわり、おれたちのことはすでに知られている」

　勇蔵は苦虫を嚙みつぶした顔をした。

「黒蟻、漁師を気にすることはない。おれたちは喜助とそいつ以外には関わり合わぬのだ」

　仁左衛門がそいつと顎で示したのは、喜助が連れてきた漁師だった。忠次《ちゅうじ》という船頭だ。

「……やはり舟を使うことは間違いではなかったな」

　勇蔵は吸っていた煙管の灰を掌で転がして、ふっと吹いた。

　仁左衛門が見廻り役の組頭から聞いたことは、勇蔵の心に力を与えた。まだツキがある。運に見放されていないと思った。自分たちを追う捕り方の多くが、姫街道に投入されていて、浜への取締りは手薄であった。もっとも油断はできないが、逃げられるという勝算が立った。

「今夜のことだが……」

　勇蔵は喜助と忠次を見た。二人とも、見廻り組の七人が殺されたことを聞かされ、さっきから青ざめた顔をしていた。

「舟は出せるな」

勇蔵はじっと喜助と忠次を見つめる。

「夜の海はただでさえ危ないんで、波次第です」

喜助がこわばったままの顔で答えた。

「波が高くなきゃいいわけだ」

喜助はそうですと、うなずく。

「舞坂と馬郡で、海を見張る捕り方がいるらしいが、その目は誤魔化せるか？」

「沖に出れば見つからないはずです。月や星が明るすぎると、どうかわかりませんが……」

「帆を立てなきゃわからない」

いったのは忠次だった。

「帆は張らなくていい。そんなことは端《はな》から考えちゃいねえんだ」

勇蔵は煙管の吸い口をふっと吹いた。チュンという音がした。

「あの……」

忠次が恐る恐る口を開いた。

股引《ももひき》のあたりに掌をこすりつけ、勇蔵をこわごわと見る。

「なんだ?」

「まさか、あっしらを殺すつもりじゃないでしょうね」

「…………」

「無事に白須賀の浜に降ろしたところで、ばっさりなんてことは……」

勇蔵はふふふッと、小さく笑い、ついでハハハと大きな声で短く笑った。

「心配するな。おまえさんらはおれたちの命の恩人になる船頭だ。そんな無下なことをするわけがない。おれだって血の通った人間だ。礼はきちんとする。だから安心して助太刀を頼む」

にやりと笑っていう勇蔵に、忠次と喜助は顔を見合わせて、ホッと安堵《あんど》の吐息をついた。

だが、勇蔵は二人を生かしておくつもりなど、さらさらなかった。

「あとで海の様子を見に行こう。それまで休んでいろ」

勇蔵はそういって大八車のそばまで歩いて行き、そばに金次郎と留之助を呼んだ。

「おまえたち、あの二人を見張っているんだ。おれたちのやり方に恐れをなしている。逃げられたらことだ」

金次郎と留之助は、「へい」と同時に返事をした。

勇蔵は指図をしたあとで、重太郎のそばに行き、仁左衛門を呼んだ。

「何でしょう」

重太郎が低声《こごえ》で聞いてきた。

勇蔵は海のほうに見える松林に目をやり、

「舟には六人しか乗せられねえ」

と、苦り切った顔でつぶやいた。

「それじゃもう一艘……」

いやと、勇蔵は首を振った。

「舟は二艘。船頭も二人だけだ」

「それじゃ……」

重太郎はゴクッとつばを呑み、そばに立つ仁左衛門を見た。

「舟に金を載せたら、そこで小堺さんにひと働きしてもらいます」

「誰と誰だ？」

仁左衛門は無表情に聞いた。

「久兵衛と弁蔵……」

勇蔵がそう応じると、重太郎が押し黙った。

「これも生きるためだ。心を鬼にしなきゃならねえときもある」

勇蔵はそういって、遠くの空を眺めた。


そのころ、甚兵衛の家に三九郎が戻ってきた。

「村垣さんはどうした？」

音次郎は三九郎の顔を見るなり聞いた。

「それが、まだなんです。昨日あたりおれたちといっしょになると思っていたんですが……」

「見付宿の取締りが忙しいのかしら……」

お藤が小首をかしげながらいう。

「賊が関所を通れないとわかれば、引き返すことも考えられる。背後を封じるのも肝要だ。浜松城下には多くの人が割かれている。見付での探索と取締りに徹する腹なのかもしれない」

「それで捕り方がどうなっているか、昨夜聞いてきました」

昨夜、旅籠に戻った三九郎は、桂新右衛門から聞いてきたことを話した。

やはり、山側の姫街道の取締りを厳しくしてあるらしく、街道の茶店や城下から北の村の捜索に力を入れているという。

「火盗改めは同心を一人殺されてるんで、目の色を変えてるといいます。御先手組《おさきてぐみ》も浜松近辺の探索から今日は三方原《みかたがはら》のほうへ手を広げるということでした。それにしても、相変わらず桂って与力は愛想がなくって……」

三九郎は愚痴をこぼして、湯呑みをつかんだ。

「浜松から舞坂までのことは、変わらずということであるか……」

「こっちは井上家の家臣たちが多数張り込んでいるんで、あまり心配ないということでした。それにしてもあの桂って人はいやなことをいいやがった」

「何をいわれたの？」

お藤は三九郎を眺めた。

「おまえたちには、あえて楽なところの見廻りをしてもらっているんだ。ありがたく思えときやがった。そのいい方がよ、癪《しゃく》に障《さわ》るんだ」

「いちいち気にせぬことだ。聞き流しておればよい。だが、桂さんもそうだが、他の捕り方の目も山側に向いているようだ。賊はそのことに気づいて、海に来ているかもしれないというのに……」

音次郎の言葉を受けて、お藤が口を開いた。

「高塚村の名主夫婦が殺されたことは伝えたんでしょう」

「伝えたさ。賞金稼ぎがうろついているというから、そいつらの仕業かもしれないが、おまえのほうで調べろと、あっさりしたもんだ」

三九郎は指の爪を嚙って答えた。

「あくまでも探索の目はこっちにはないってことね」

「手柄を立てたくてしようがねえんだろ。それで、何かわかったことはありますか?」

三九郎は音次郎を見る。

「何もない。これから浜の様子を見に行こうと思う。空も晴れてきたし、賊が舟を出すとしたら、浜の漁師と掛け合うはずだ」

「浜の見廻りは井上家の徒衆がやってるじゃありませんか。それで漁師たちにも賊たちについて触れがまわっています。近場の家をあたってみてはどうです。また名主の家のようなことがあったらことです」

「そうね、やつらはきっと隠れ家を見つけているはずよ。佐久間さん、村の家をあたっていくのは無駄ではないと思いますけど……」

お藤と三九郎にそういわれると、音次郎も否定はできなかった。

「たしかにそうかもしれないな。名主夫婦を襲ったのが、黒蟻一味だという証拠もないしな。それじゃ、ぼちぼち出かけてみるか」

音次郎が差料を引き寄せたとき、出かけていた甚兵衛が血相変えて戻ってきた。

「旦那さん、大変です。また殺しです」

六

「今度はどこだ？」

音次郎は立ち上がって聞いた。

「倉松村にある空き家なんですが、そこには井上家の人たちが寝泊まりしていたんです。その人たちが……」

甚兵衛はまばたきもせずに、つばをゴクッと呑んでからつづけた。

「殺されてるんです。いや、あっしが見たわけじゃないんですけど、飯の世話をしていた村の女房が鍋を取りに行ったら、そうなっていたって……」

「その家に案内してくれ」

音次郎たちは甚兵衛を先に立て、倉松村の空き家に急いだ。

日射しが少しずつ強くなっていた。朝のうち、広がっていた鼠色の雲も、いつの間にか空の片隅に追いやられている。

井上家の徒衆が寝泊まりしていた空き家は、漁師浜から七町ほど北に向かった村道の脇にあった。見るからにあばら屋である。小さな庭に近所の者が五、六人野次馬となって立っていた。

家は雨戸が破られ、戸口が開け放してあり、土間に倒れている男の体が見えた。音次郎は戸口を入って、目をそむけたくなった。

上がり框《がまち》にもたれるように倒れている者、倒れた障子の上にうつぶせになっている者、仰向けに倒れ、目を見開いたまま虚空《こくう》を見つめている者……。

土間や板敷きの間に血だまりがあり、障子や壁に血糊がついていた。目を覆いたくなる殺戮《さつりく》の場がそこにあった。

音次郎は死体をひとつひとつ検《あらた》めていった。そうして気づいたことがひとつあった。

「三九郎、お藤……」

家のなかを調べていた二人がそばに来た。

「名主の家と同じ賊の仕業だ。四人は刀で斬られているが、三人は刀でない。刀とは違う刃物が使われている。傷口を見ればわかるが、まず凶器を撃ち込むように使い、それから横に引いている」

「どんな刃物でしょう」

お藤が硬い表情を向けてきた。

「よくはわからぬ。鳶口《とびくち》に似たようなものだと思う。……鎌かもしれぬ」

「鎌……」

「それじゃ野良仕事に使う鎌ですか。鎌だったらどこの百姓の家にもあります」

音次郎は宙の一点を凝視して、一度自分を襲ってきた賞金稼ぎのことを思い出した。彼らが持っていたのは、長脇差しだった。

「賞金稼ぎはこんなことはしないはずだ」

音次郎のつぶやきに、お藤もそう思いますという。

「賞金稼ぎにとって見廻りの役人は味方ですからね」

「いかにもそうだ。自分たちにとって不利益になるから殺したとしか思えぬ。すると……」

「やはり黒蟻の一味……」

三九郎がつぶやけば、音次郎はギラッと目を光らせた。

「賊はやはりこの界隈にいるのだ」

そういった音次郎は、急いで表に出た。

「甚兵衛、このことは村役には知らせてあるのか？」

「旦那さんたちに知らせたほうが早いと思いまして、まだです」

「ならば、すぐにこの一件を伝えるのだ。それから城下に走り、見廻りの徒衆が殺されたことを誰でもよいから井上家の者に伝え、捕り方をすぐさま倉松村に遣わすようにいってくれ」

音次郎はそういいつけてから、近くに立っている村の男を見た。

「おまえも城下に走ってくれないか」

「へ、へえ」

男はおどおどしながら答えた。

「何を伝えればよいか、わかっているな」

「わかっています」

「すぐに走ってくれ」

音次郎は死体の始末を村の者たちに頼むと、三九郎とお藤を連れて浜に向かった。

天気がよくなったせいか、海には漁師舟が見られた。白い帆を張った舟が、沖合に気持ちよさそうに浮かんでいる。風も弱く波も穏やかだ。

「賊たちは見廻りの徒衆を始末したことで、気をよくしているんじゃありませんかね。これでてめえらの企てがやりやすくなったと……」

三九郎が砂浜におりて音次郎を振り返った。

「気は抜いておらぬだろう。それに、さっきの徒衆を殺す前に、捕り方の動きを詳しく聞きだしているかもしれぬ」

「そう考えたほうがいいと思います」

お藤はいつになく厳しい顔でいう。

「ここまで無事に五千両という大金を運んできたのです。ここで手抜かりがあっては、これまでのことが水の泡になります。探索をする捕り方が必死なら、賊も必死のはず。金をもって生き延びるためには、あらゆることを考えているでしょう」

「すると、おれたちゃ賊がどんなことを考えているかってことを、きっちり読み取らなきゃならねえってことだ」

三九郎はそういいながら浜で仕事をしている漁師たちのところへ向かった。音次郎もあとにしたがう。

「……賊は何人いるのだろう？」

音次郎はそのことが気がかりだった。

名主夫婦を殺した賊は、少なくとも五人だ。しかし、見廻り役の徒衆を殺した賊は、何人かわからなかった。

もし、十人以上いるなら、音次郎たち三人ではとても押さえることはできない。そのためには、何としても応援の人手がなければならない。

甚兵衛と村の者が城下に走っているので、井上家は必ず人を寄こすはずだ。その人数は多ければ多いに越したことはない。

音次郎たちは浜の漁師たちに注意を促すとともに、不審な者を見つけたら、すぐに村役か見廻りをしている役人に知らせるように、くどいほどいいつけていった。また、漁師らに舟を借りに来た者がいないかと訊ねていったが、首は横に振られるだけだった。

そうやっているうちに、どんどん太陽は位置を変えていった。気づいたときには日が傾きはじめており、空は夕焼けに染まりはじめていた。

音次郎は念のために馬郡まで足を運び、見廻りをしている徒衆が宿にしている家を訪ねた。ところが、その徒衆は昼過ぎに米津村まで行って来るといって出ていったあとで、会うことはできなかった。

しかし、彼らが米津村に向かったのであれば、途中の倉松村で何が起きたか知るはずだ。それに、井上家からの応援も駆けつけているだろうから、いまごろは手分けしての捜索が行われているかもしれない。

海に黄金《こがね》色の帯が走り、空が紫紺色に変わりはじめたころ、音次郎たちは馬郡から半里ほどの海岸に来ていた。

「この辺で小腹を満たしませんか」

お藤が立ち止まって音次郎と三九郎を見た。

「昼も食べずに歩きまわっているのです。腹ごしらえしておいたほうがいいと思います」

お藤は馬郡でにぎり飯と水を調達していた。

「そうしましょう。腹が減ってちゃ戦《いくさ》はできねえっていいますから」

いつものように三九郎がおどけていった。

三人は土手に腰をおろして、暮れてゆく海を眺めながら、にぎり飯を手にした。

「捕り方が増えれば、浜にひそんでいる賊はどうするでしょう。計画を取りやめて、また別の方面へ逃げるのでは……」

そういうお藤の頬は、沈みゆく夕日にあわく照らされていた。

「こうなったら人手を増やして追いつめるしかないだろう。これ以上、やつらに無駄な殺しをされてはたまらぬ」

「たしかに……」

音次郎は水を飲みながら遠くの海を眺めた。

賊がもし舟で逃げるとしたら今夜が最後の機会だろう。明日になれば、海の見張りはもっと厳しくなるはずだ。

「飯を食ったら、もう一度海岸沿いを見てゆこう」

七

勇蔵たちは藪《やぶ》のなかに身を隠して、獲物を狙う獣のようにじっとしていた。捕り方が見廻りをしているのはわかっていたので、喜助の小屋はとうに払い、見通しの利く林のなかで日が暮れるのを待っていた。

馬郡に詰めている徒衆《かちしゅう》七人の姿を、浜沿いの道に見たのは、もう一刻《いっとき》ほど前のことだった。彼らが戻ってくる様子がないのは、おそらく同じ見廻りの徒衆が殺されたことを知ったからだと見当をつけていた。

浜沿いの道に人の姿は少なかった。先の徒衆以外でいえば、漁師らしき男が三人、浜の若い女が二人、それから小者と女を連れた侍がいた。勇蔵たちが舟を出そうとする浜には、都合のいいことにとにかく人気がない。

勇蔵は空をあおぎ見た。もう空には日の名残もない。風に流された薄い雲が張り出してきたので、星はいつもより少ない。

「お頭、そろそろ支度にかかっちゃどうです。もうすっかり日が暮れました」

気を揉んだ顔をしている金次郎だった。

「慌てるな。もう少し闇が濃くなってからだ。それにまだ日が沈んでから間がない。見廻りの連中がまだ動いているかもしれねえ」

「へえ、まあそうですね」

喜助の舟は目につきにくい浜の岩場に隠してあった。見廻りの連中も気づかないはずだ。時機を見て、忠次の舟をこの浜に移さなければならない。そのときは忠次に逃げられない用心のために、熊五郎をつけて取りに行かせるつもりだ。

日が落ちると風が冷たく感じられるようになった。昨日雨が降る前まで、夜になるとすだく虫の声がしていたが、なぜかその声が静まっていた。蜩《ひぐらし》の声も聞かれなかった。日に日に秋は深まりつつあるのだ。

聞こえるのは心地よい潮騒《しおさい》の音と、林のなかを吹きわたる風の音だけだった。

それから半刻ほど待った。

浜沿いの道を通る者はいなくなった。闇もさっきより濃くなっていた。松林の向こうに広がる穏やかな海が、わずかではあるが星の明かりを照り返していた。そうでないところは、油を流したように黒々としていた。

「熊五郎、忠次といっしょに舟を取りに行ってきてくれ」

勇蔵は一度夜空をあおいでから、背後に控えている熊五郎を振り返った。

「どこに人の目があるかわからねえ。目立たないように行くんだ」

「わかっておりますよ」

熊五郎はそう答えてから忠次に顎をしゃくった。

二人は林を抜けると、生い茂っている藪を利用して東のほうに歩いていった。忠次の舟を隠した場所まで、そう遠くない。小半刻もせずに、忠次の舟は松林の向こうの浜につけられるはずだ。

「それじゃおれたちも支度をしよう。みんな手分けして金箱を運ぶんだ」

勇蔵は熊五郎と忠次の姿が見えなくなってから、仲間に指図をした。

金箱は昼間のうちに大八車から降ろして、林のなかに隠しておいた。金箱は千両箱もあるが、それより小さいのもあった。全部で七つである。

「落とすんじゃねえぞ」

重太郎が仲間に注意を促す。

二人がかりで運ぶ金箱もあるが、ひとりで運べる箱もある。隠れていた雑木林を抜けて、浜沿いの狭い道を横切り、松林から砂浜におりた。そこから波打ち際まで半町ほどだ。

喜助が自分の舟を取りに岩場に駆けていった。元船頭の金次郎が手伝いについてゆく。

「金箱は二艘の舟にわけて載せる」

勇蔵はそういうと、千両箱に腰をおろして、仁左衛門を見た。

「小堺さん、手はずどおりに……」

仁左衛門が、「うむ」と顎を引いた。

勇蔵は忠次の舟がやってくる方角に目を向ける。その前に、岩場からまわってきた喜助の舟が、砂を削りながら波打ち際に乗りあげた。

勇蔵はまずその舟に乗せる金箱を積み込ませて、忠次の舟を待った。

ほどなくして闇の向こうに、忠次の舟が姿を現した。波は一見穏やかに見えるが、小さな漁師舟は波に翻弄されながら浜に近づいてきた。

その舟も同じように砂を抉《えぐ》って、波打ち際に乗りあげた。

残りの金箱を忠次の舟に載せると、舟を半回転させて舳先《へさき》を海に向けた。短い作業であったが、みんな肌に汗を光らせていた。

「お頭、どっちの舟に乗りゃいいんです？」

一番若い留之助が、額の汗をぬぐって聞いた。

「おまえは忠次の舟だ。その前に、弁蔵と久兵衛、こっちに来てくれ。ちょいと話がある」

勇蔵はそういうと、少し舟から離れたところまで歩いた。呼ばれた二人は顔を見合わせて、勇蔵のほうに足を進める。

勇蔵が立ち止まって振り返ると、弁蔵と久兵衛の肩越しに仁左衛門の姿が見えた。さらりと刀が鞘から抜かれた。その気配に気づいた久兵衛が後ろを振り返った。それからさっと顔を戻して、

「話ってのは何です？」

と、聞いた。

「悪いが、おまえら二人を舟に乗せることはできねえ」

「何ですって……」

弁蔵が目を剝いた。

「おまえたちとの付き合いもこれまでだ」

「裏切るってえのかいッ！」

勇蔵は何も答えず、仁左衛門にうなずいて見せた。

そのとたん、弁蔵と久兵衛は二手に分かれて砂を蹴って逃げた。仁左衛門の刀が逃がさじと、久兵衛の背中に浴びせられた。しかし、闇のなかで閃いた白刃は、久兵衛には届かなかった。仁左衛門の利き足が砂場に足を取られたのだ。

「ちくしょう、こうなったら刺し違えてやる」

吠えるようにいって、さっと匕首《あいくち》を引き抜いたのは弁蔵だった。そのまま勇蔵に突進していった。だが、勇蔵は落ち着いていた。

間に鎖鎌を持った熊五郎が立ち塞《ふさ》がったのだ。弁蔵は牙を剝いたような顔で、

「野郎、そこをどきやがれッ」

と、つばきを飛ばしながら喚いた。

新たな声が聞こえてきたのはその直後だった。

「黒蟻の勇蔵、見つけたり！」

大声をあげて浜沿いの道から駆け下りてくる男がいた。背後にも二つの影があった。

ひとつは女だ。

「誰だ……」

勇蔵は体を固めて、現れた三人に目を注いだ。

第五章　転落

一

相手を威嚇《いかく》する声を張りあげ、砂を蹴って駆ける音次郎は、黒蟻《くろあり》一味たちの動きを見ていた。一味は仲間割れを起こしているようだ。

十人いるが、二人は船頭に違いないから相手をするのは八人。しかし、腕に覚えのあるのは二、三人であろう。さらにまず自分が相手をしなければならないのは、たったいま刀を振りまわした痩身《そうしん》の男である。

「お藤、三九郎、気をつけるんだ！」

あとからついてくる二人に注意を促したとき、束の間戸惑っていた賊たちが動きはじめた。舟を押し出そうとする者がいれば、砂地を蹴って逃げる者もいた。

逃げ出したのは船頭のようであった。ひとりがその船頭を追いかけて押し倒し、波打ち際でもつれあった。

音次郎は抜き身の刀をだらりと下げている痩身の男の前に立った。すでに夜目《よめ》は利いているので、相手の顔はかすかに見ることができた。

「邪魔者めッ」

痩身の男は刀を腰間から勢いよくすりあげた。

音次郎は半寸身を引いて、青眼の構えになる。男は〝人斬り〟の異名を持つ、小堺仁左衛門であった。

仁左衛門は無言のまま間合いを詰めてくる。音次郎は引かずに、闇のなかに光る相手の目を凝視する。剣先がすうっと持ちあがり、音次郎の眉間に据えられた。

音次郎の剣先は仁左衛門の喉元《のどもと》に向けられている。

海からの風が一瞬強くなったとき、脇から撃ちかかってきた男がいた。音次郎は素早く右足を後ろに引くと同時に、振りあげた刀を一閃《いっせん》させた。

「ぎゃあー」

男の悲鳴と同時に、切断された手首が虚空を舞い、砂地にぼとりと落ちた。手首を失った男はうずくまり、横に転がってのたうちまわった。これは豆粒の久兵衛であった。

　仁左衛門が剣尖《けんせん》をのばしてきたのは、久兵衛が膝を落とした刹那だった。

　音次郎はそれを下からすりあげて、脇に払うなり、脇腹を斬りにいった。しかし、仁左衛門は右に半間ほど跳びすさってかわし、利き足で砂地を蹴るなり、宙に跳び、音次郎の脳天に裂帛《れっぱく》の気合を込めて撃ち込んできた。

「とおッ！」

　うなりをあげる刃は風を切り、音次郎の耳許をかすめた。

　仁左衛門が着地したところへ、音次郎は撃ち込みにいったが、うまくかわされ、両者は二間の間合いを取って対峙《たいじ》した。

　仁左衛門の頬に皮肉な笑みが浮かんだ。

「久しぶりに手応えのあるやつに会った」

　音次郎は何も答えずに、ゆっくり右に動く。

　周囲では怒鳴り声や刀のぶつかり合う音がしている。しかし、いま音次郎は周囲のことにかまっている余裕はなかった。目の前の仁左衛門をまずは倒すのが先決である。

　仁左衛門は音次郎の動きに釣られるように、剣先を動かしてくる。さらに足の指で砂を嚙みながら、じりじりと自分の間合いを取りに来ている。

さっと、音次郎は腰を低くして、仁左衛門の腹に突きを送り込んだ。瞬間、仁左衛門は跳びあがって避け、刀を横に薙《な》いだ。

ガツッ。

音次郎は仁左衛門の斬撃を刀の棟で受けると、そのまますり下ろして相手の刀を滑らせた。仁左衛門は一瞬、体の均衡を失った。

音次郎はその一瞬を見逃さなかった。大きく足を踏み出すと、袈裟懸《けさが》けに刀を振り切った。その一刀は仁左衛門の肩を斬り、さらに胸を断ち斬っていた。

闇のなかに血潮が迸《ほとばし》り、仁左衛門の体が斜めに傾いた。刀を杖にして、音次郎をにらんだが、それまでだった。

音次郎は仁左衛門が倒れる前に、周囲の状況をつぶさに把握した。お藤が短刀でひとりの腹を刺して倒したところだった。そのそばで三九郎が、鎖鎌《くさりがま》を持った男の相手をしていたが、難渋しているようだ。

助太刀に行こうとしたとき、背後から襲いかかってくる気配があった。音次郎は右に避けて、くるりと反転すると、いままさに斬りかかってこようとしていた男を逆袈裟に斬り捨てた。これは元船頭の金次郎だった。

「あぁ……」

　金次郎は両手を大きく広げて、そのまま横に倒れた。

「番頭役の重太郎だね。おとなしく縛《ばく》につきなッ」

お藤が甲高《かんだか》い声をあげて、重太郎に迫っていた。その重太郎はほうほうの体《てい》で逃げようとしている。だが、お藤に後ろ襟をつかまれて引き倒された。

　音次郎はそっちはまかせておくことにして、三九郎の助《すけ》に向かった。鎖鎌を振りまわすのは、六尺はあろうかという大男だった。

　鎖鎌をビュンビュン振りまわして、三九郎を威嚇しながら波打ち際に追いつめている。三九郎はたじたじになっているが、身のこなしが敏捷《びんしょう》なのでかろうじて難を免れているのだった。

「三九郎、下がっておれ。他のやつを頼む」

　音次郎は間に入って、鎖鎌の男と向かい合った。熊五郎であるが、人相書きになかったので、音次郎には相手の名はわからない。

　鎖鎌が闇のなかを蛇のように飛んできた。音次郎は頭を低めてかわすと、一気に間合いを詰めた。波打ち際は砂地がしまっており、足場がよい。熊五郎の懐に飛び込むのはわけなかった。

　しかし、うまくいかなかった。一瞬の差で、熊五郎の手に鎖鎌が戻ってきたのだ。

はっとなった音次郎は、刀を眼前で垂直に立てて、横合いから自分の喉笛を狙って振られる鎖鎌をガチッと受け止めた。

「うぬ……」

熊五郎の口が堅く閉じられてゆがんだ。目が仁王のように剝かれている。

素早く熊五郎は後ろに下がろうとした。だが、それを音次郎が許さず、左足で砂地を蹴って、刀を水平に薙ぎ払った。

ドスッと肉をたたく音がした。熊五郎の体が揺らめき、片膝をついた。それでも斬られてはたまらないと、鎖鎌で自分の頭を防ごうとしたが、音次郎の刀は脇の下をずばりと斬っていた。

「む……」

小さなうめきを漏らした熊五郎は、そのまま波打ち際に倒れた。

音次郎は周囲に視線をめぐらした。お藤が重太郎ともうひとりを取り押さえていた。そして、三九郎もひとりの首根っこをつかんで、押さえつけていた。

さらに舟のそばで、体をふるわせて呆然と立っている男がいた。音次郎はその男に近づいて、刀を向けた。

「や、やめてください。あ、あっしは脅されて雇われただけの漁師です。き、斬らないでください。どうか、お助けを……」

男はひざまずき、必死に命乞いをした。

「まことに漁師であるか？」

「う、嘘は申しません。倉松村の喜助と申します。ほんとです」

喜助は拝むように両手をあわせて、声をふるわせた。

音次郎はくるっと背を向けると、お藤のところに行って、押さえられている男の顔をしげしげと見た。

「黒蟻の勇蔵だな」

勇蔵は何も答えずに、不遜《ふそん》な顔をそむけた。

音次郎はその顎をつかんだ。

「そうであろう」

「それがどうしたってんだ」

ガツッ。

音次郎は顔面を殴りつけてやった。勇蔵は両手をついて倒れ、鼻からぽたぽたと血をたらした。そこへ三九郎が若い男を引きずるようにしてやってきた。

「この野郎は留之助という男です」

それはまだ若い男だった。観念したのか、首をうなだれたまま何もいわなかった。

「お藤、倒れている者たちをたしかめよう。こやつには縄を……」

その一瞬のことだった。

勇蔵が腰に差していた匕首を閃かせて、音次郎に斬りかかってきたのだ。

音次郎は体をひねってかわすと、背を向けた恰好になった勇蔵の背中に太刀を浴びせた。一閃、二閃、さらにもう一閃。

闇を吸い取る刃が華麗に舞った直後、勇蔵の着物が、はらりと落ちた。と、その背中に黒々としたものが、星明かりに浮かんだ。

背中一面に彫られた黒蟻だった。

顔色を失った勇蔵がゆっくり振り返った。

「きさまをここで斬るわけにはいかぬ。これまでの非道をことごとく明かしてもらわなければならぬからな。観念いたすがよい」

音次郎の一喝に、勇蔵はがくっと膝をついた。

二

黒蟻の勇蔵一味はその夜、倉松村の百姓代をやっている惣兵衛《そうべえ》宅に引き立てられ、そこで捕り方を待つことになった。

生け捕りになったのは勇蔵、久兵衛、留之助、重太郎、弁蔵の五人であった。漁師の忠次は逃げ出したところで、留之助に刺されて命を落としていた。

喜助は自分が忠次を誘ったことを悔やみ、涙にくれながら、勇蔵たちの助をするはめになった経緯を話した。

賊捕縛の知らせを受けた捕り方がやってきたのは、宵五つ（午後八時）を過ぎたころだった。差配するのは井上家の徒組《かちぐみ》の与力であった。

与力は音次郎たちに礼をいい、そのまま勇蔵たちを引き立てていった。ただし、連行先は城下の問屋場《といやば》である。そこで、江戸から追ってきた火盗改めの調べを受けることになっていた。

夜闇のなかを、賊を連れて行く徒組の提灯《ちょうちん》が野路を進んでいた。音次郎たちも今夜は宿場に戻り、川口屋に投宿することにした。

やってきた徒組は十五人いて、四人の者が浜で回収された金箱を大八車に載せて引いていた。盗まれた金はそのまま松平越中守定信の屋敷に運ばれることになっている。

音次郎たちが賊の動きに気づいたのは、忠次の舟を見たからだった。忠次と熊五郎の乗った舟は、ちょうど音次郎が夜の見張り場にした土手のすぐ先から漕ぎ出されたのだった。それは村を流れる小さな川の河口であった。

「旦那、あれを……」

最初に気づいたのは三九郎だった。

音次郎とお藤は舟提灯もつけずに、暗い海に漕ぎ出た舟を注視した。

「もしやあれは……」

お藤がつぶやけば、

「尾《つ》けよう」

といって音次郎が立ちあがった。

そのまま三人は舟を尾けて浜沿いの道を進んだのだ。

舟は松林の先にある浜につけられたのだが、そこには舟がもう一艘《そう》あり、八つの人影があった。それを見たことで、音次郎たちは黒蟻一味だと確信したのだった。

相手の人数が多いことに躊躇《ためら》ったが、そこで捕り方を呼ぶ時間の余裕はなかった。もたついていると海に逃げられてしまう。何としてでも阻止しなければならなかったので、音次郎たちは意を決して捕縛に向かったのだった。

「旦那、してやったりじゃないですか。まだ、御先手組《おさきてぐみ》の桂さんは戻っていませんが、今夜のことを聞けば、どんな顔をするやら、いまから見物《みもの》ですよ」

板場から酒をもらってきた三九郎が、楽しげな顔をして音次郎の前に座った。

旅籠《はたご》の川口屋に戻り、風呂に浸かったあとだった。音次郎と三九郎が、酒を酌み交わしたときに、風呂あがりのお藤がやってきた。

「さあお藤ちゃん、今夜は遠慮することはねえから、しこたま飲もうじゃねえか」

三九郎がお藤に酒を勧めた。

「わたしはほどほどでいいわ」

風呂あがりのお藤の頬はつやつや光っている。

「そんな殺生はいいっこなしだ。なにせおれたちゃ手柄を立てたんだ。村垣さんの顔も、これで立つってもんだ。さあ、旦那……」

「それにしても、村垣さんはいつ来るのだ」

音次郎は酒に口をつけていった。

「明日には来るでしょう。今夜のうちに賊を捕まえたことは、見付にも知らせが行くはずです。明日は賊の調べがみっちり行われるでしょうし……」

「調べについて、おれたちも立ち合わなければならぬだろうか?」

「それはどうでしょう」

「佐久間さんは遠慮したいのですよね」

お藤は音次郎の心の内を読んだことをいう。

「うむ。あまり、江戸から来ている者には会わないほうがいいはずだ。いや、正直なところ会いたくない。二人ともそのことはわかっているだろうが……」

音次郎が深刻な顔をすると、お藤と三九郎は目を見合わせた。

「村垣さんが来ればうまく話をつけてくれるでしょうが、はて、どうしますかね」

「明日の朝、そのまま旅籠を出て白須賀に戻ってはいかぬだろうか。できればそうしたいのだが……」

「賊の調べは火盗改めがやるはずです。明日の朝、わたしがそれとなく聞くことにします。それにそのとき、先方が知りたいことをわたしが話してしまえば、それですむかもしれません。いえ、こういって気を持たせたいわけではありませんが」

「いや、そういって心を汲んでくれることだけでもかたじけない。もし、そう願えればさいわいである」

「だったら旦那、あっしもお藤といっしょに話をしてきましょう。旦那の出番がないように、うまくやりますよ。なあに、まかしてくださいな」

三九郎もそうやって口を添えてくれた。音次郎はいい仲間を持ったと、いまさらながらのように思った。

「すまぬな」

「いやいや、そんなことは気にしないでください。それよりぱあっと過ごしましょうよ。とにかく明日は戻ってくるはずの桂さんの顔が見物です。あの与力、えらそうなことをいって、てめえたちは見当違いのところをまわっていたんですからね」

ハハハと、三九郎は愉快そうに笑う。

「村垣さんに会わなくてよいでしょうか？」

お藤は真顔を音次郎に向けた。

「うむ。用はすんだはずだ。会わなくても問題はないと思うのだが……」

「そうですね。此度《こたび》は、これまでと違った役目でしたし、それもほぼ片づいていますから、わたしもかまわないと思います。少し淋しい気はいたしますが……」

「あれッ」

三九郎が剽軽《ひょうきん》に目をまるくした。

「まさか、お藤。おまえさん、旦那に気があるんじゃねえだろうな」

「ばかね。そんなんじゃないわよ」

お藤はふくれ面をして酒をあおった。

それから埒《らち》もないことを話して酒を飲んだが、疲れが溜まっていたせいか、早めにお開きにした。

床に就いた音次郎はすぐには眠れなかった。ウトウトしながら明日のことをぼんやり考えた。明日は留守を預からせているきぬのもとに帰りたい。そんな思いがふつふつと強くなるうちに、きぬの笑顔が脳裏に浮かんだ。

……きぬ、おそらく明日は帰る。待っていてくれ。

胸中でつぶやいた音次郎は、そっと目を閉じた。

三

「お手柄だったようだな」

いきなりの声に、広座敷で朝餉《あさげ》を食べていた音次郎たちは廊下を振り返った。

御先手組の桂が配下の者たちと帰ってきたところだった。

「まさか、あの賊が海から逃げようとしていたとは思いもよらぬことであった。おぬしら、さぞ鼻が高かろう」

桂はそういい捨てると、そのまま二階の自分たちの部屋に戻っていった。そのとき、

「着替えをして飯を食ったら取り調べに立ち合うのだ」

と、配下の者たちに指図する桂の声がした。

音次郎はお藤と三九郎を見て肩をすくめた。

「旦那、飯を食ったら問屋場に行ってきます。火盗改めの調べはもうはじまってるでしょうし、その様子を見てきます」

「頼む」

音次郎は静かに箸《はし》を置いて茶を飲んだ。

「そう手間は取らないと思います。わたしたちが出ている間に、村垣さんがやってくるかもしれませんので、その旨伝えておいてもらえますか」

「わかった」

音次郎はお藤に応じて、腰をあげた。

客間に引き取った音次郎は、窓の外の景色を眺めた。下の通りでいろんな声がしていたが、黒蟻の勇蔵一味が捕まったということがもっぱらの話題だった。

すでに高札場《こうさつば》にはそのことが掲げられているようだ。町屋の甍《いらか》の向こうに、青空が広がっている。雲ひとつない秋晴れの日である。

すぐに三九郎がやってきて、バタバタと出かけていった。音次郎は待つしかないが、もし呼び出しがあれば、応じるしかないと腹をくくっていた。

小半刻もすると、旅籠の騒々しさが収まり静かになった。どこの旅籠も朝と夕刻が慌ただしい。女中たちは客間の掃除や、廊下の雑巾がけをはじめるが、やはり賊のことを噂しあっていた。

「とんでもない盗人たちだったらしいけど、これで一安心だわね」

「捕まってよかったわよ。村のほうでは見廻りのお役人が殺されたり、名主が殺されたっていうからね」

「まったくひどい悪党だよ」

音次郎はそんな声を聞くともなしに聞きながら、腕枕をしてごろりと横になった。浜松にやって来て、たいした日にちはたっていないのに、ずいぶん長い間いるような気がした。おそらく寝る間を惜しんで賊捜しをやったせいだ。

女中が新しい茶を持ってやってきた。

「お侍さんも盗人を捜していらしたんでしょう」

若い女中は興味津々《しんしん》の顔を向けてくる。

「うむ」

「捕まえられてよかったですわね」

「まったくだ」

女中は音次郎たちの手柄だったことは知らないようだ。

その女中が下がって半刻ほどたってから、三九郎とお藤が戻ってきた。

「旦那、心配いりませんよ。調べは大方すんでおります。勇蔵は口を利かないようですが、久兵衛と留之助がぺらぺらとしゃべくってるようです」

「火盗改めの旦那たちも、あまりわたしたちの話には興味がなさそうでした。それでもひととおりのことは話してきましたが……」

お藤は瞳をきらきら輝かせていう。

「すまなかったな」

「気にすることはありません。でも、まだ村垣さんは……」

お藤は身を乗り出して、階段口をのぞき込んだ。

「都合があるのだろう。しかし、どうしようか。おれはここにいてもやることがない。白須賀に戻りたいのだがな」

「いいんじゃありませんか。もし、大事な用があるなら、とうに知らせが入っているはずです。それもないんですから……」

なあお藤と、三九郎がいう。

「そうね。佐久間さんには帰ってもらいましょう。おきぬさんのことも心配でしょうから……」

そういったお藤の顔に、淋しい影が浮かんだ。あるいは小さな嫉妬の色だったかもしれない。

「ならば二人の好意に甘えて帰ることにいたす。村垣さんに会ったらよろしく伝えておいてくれ」

「旦那、褒美の金はどうしましょう？　村垣の旦那が来ないともらえないんですが……」

「それはよい。まだ懐には余裕がある。心配無用だ」

「それじゃ、あとで届ける段取りをつけておきましょう」

三九郎は嬉しいことをいってくれる。

「そうしてもらえればありがたい」

お藤と三九郎は旅籠の表に出て、白須賀に帰る音次郎を見送ってくれた。

少しだけ後ろ髪を引かれる思いがしたが、宿場が遠のくと、気持ちは自然に白須賀の家に傾いていった。

浜松から舞坂《まいさか》までは二里三十町である。大人の足ならゆっくり歩いても二刻とかからない。街道を行き交う人の数が昨日までより多いような気がした。

荷駄を積んだ馬や牛を引く近在の百姓の姿も目立つ。代わりに往還を行き交っていた井上家の侍の姿が少なく感じられた。

街道脇には雑草が繁茂しているが、すすきといっしょに彼岸花が見られる。それだけで秋なのだと思い知らされる。

舞坂宿に入ると、まっすぐ渡船場に足を向けた。ここから海上約一里の船旅をして新居《あらい》宿に入るのである。

その昔、舟の航路は陸つづきであったのだが、明応《めいおう》七年（一四九八）の大地震によって起きた津波が、その陸地を押し流して舟で渡ることになった。

陸が切れたところを、今切《いまぎれ》といい、今切の渡しと呼ぶようになっている。使われる渡し舟は、いずれも関所のある新居宿のものだった。

音次郎の乗り込んだ舟は、間もなく岸を離れた。頬被《ほおかぶ》りをした船頭が調子のいい声で土地の唄を歌ってくれる。

右手にある浜名湖の奥に富士が見える。また、湖には白い帆を張った舟が幾艘も見られた。穏やかな水面は鏡のようになっており、青い空を映していた。

新居側の舟着場が近づいたとき、音次郎は何気なく背後を振り返った。旅人や行商人に交じって、深編笠を被っている武士が二人乗っていた。背中に視線を感じていたが、その武士ではなかろうかと思った。

音次郎は前に向きなおって、近づきつつある舟着場を眺めた。しかし、背中に妙な視線を感じてならない。思い過ごしであろうかと、胸の内でつぶやいた。

四

音次郎が留守をしている間、きぬは暇を持てあまし気味であったが、近ごろは屋敷内に作った畑仕事をしたり、親しく付き合うようになった市兵衛《いちべえ》の家に行き、子供たちに読み書きを教えるようになっていた。

先方もきぬが来てくれるのを喜び、ときには泊まっていくこともあった。子供たちが泊まっていけと慕うこともあるし、市兵衛夫婦も引き止めるので断れないのである。もっとも音次郎のいない家に戻っても淋しさが募るだけなので、きぬも市兵衛の家に泊まるのを楽しみにしていた。

その朝は、家のなかの掃除をし、傷んだ障子の張り替えをすませた。昼前に洗濯物を持って縁側に行ったとき、垣根の向こうに見知らぬ二人の侍が現れた。

じっときぬを見てから、

「こちらは佐久間音次郎殿の住まいであろうか」

と聞いてきた。訛《なま》りのない言葉だった。

「さようですが……」

きぬが答えると、二人の侍は庭に入ってきて、被っていた網笠を取り、

「拙者は関口伊平次《せきぐちいへいじ》と申します。これにおるのは木之下弥九郎《きのしたやくろう》といいます」

と、きちんと武士らしく礼をした。

きぬも慌てて襟を正し、きちんと頭を下げ、

「何か御用でしょうか……」

と、まばたきをしながら訊ねた。

「そなたはおきぬさんと申される方ですな」

伊平次はきぬから目をそらさずに問い返した。

「さようですが……」

「じつはのっぴきならぬことが起きまして、ついては手前どもについてきてもらいたいのです」

「いったい何が起きたというのでしょうか?」

きぬはいやな胸騒ぎを覚えると同時に、やってきた二人の侍を警戒していた。だが、相手の態度が丁重なので、それなりに接するしかない。

「じつは佐久間殿が怪我をされて、宿外れで休んでおられるのです」

「旦那さんが怪我を!」

きぬは思わず声をあげていた。急に心の臓が激しく脈打った。

「行けばわかります。なに、命に関わるような怪我ではありませんが、おきぬさんを呼んでくるようにと申しつけられまして、お迎えにあがった次第です」

すると、この二人は旦那さんと同じ役目についている人だと、きぬは思った。

「お待ちください。すぐに支度をしますから……」

きぬは家のなかに駆け込むと、急いで身支度にかかった。

音次郎は新居の関所を抜ける前に、黒蟻の勇蔵一味が捕縛されたという高札を見た。どうやら、昨夜のうちにこの宿場にも知らせは届いていたようだ。騒ぎを知らなかった旅の者や近在の者たちが、

「恐ろしい盗賊がそばにいたんだなぁ」

と話し合っていた。

面番所《めんばんしょ》ではいつも緊張するが、その日の調べはあっさりしたもので、手形を見せるだけで関所役人は、何もいわずに通してくれた。

ちなみにこの関所に詰めている役人は、三河吉田《みかわよしだ》城主・大河内《おおこうち》家の家臣である。おおむね四十人が交替で勤務していた。

大御門をくぐり抜けると、両側に旅籠や小店の並ぶ宿場の通りとなる。音次郎がときどき鰻《うなぎ》を求める魚屋はその宿外れにあった。

そこから家までは一里もなかった。きぬに何か土産でも買っていこうかと思ったが、とくにめずらしいものがあるわけではない。餅菓子を売る店の女が通行人の袖を引いて、買って行けとせがんでいる。旅籠の前では女中たちがその夜の客を取り込もうと、

「お泊まりはこちらで。どうぞ、お泊まりはこちらで」

と声をかけていた。

宿場を過ぎると、左手に陽光をはじく海が広がる。水平線の向こうに薄い雲がたなびいていた。やがて、ゆるやかな上り坂になり、少し先に行くと急な汐見坂となる。肩に釣り竿を立て、牛を引いていく百姓とすれ違う。その向こうから三人の旅の僧侶が歩いてきた。手に持っている鐘をチーンと鳴らしながら、ぶつぶつと念仏を唱えていた。

松の枝が張る街道の途中に、地蔵堂があった。そのそばで休んでいる旅の者がいた。

音次郎はゆっくりと坂を上りはじめた。同じ渡し舟に乗っていた二人の侍のことが気になっていたが、どうやら思い過ごしだったようだ。

背後を振り返ってもさっきの侍の姿はなかった。杖《つえ》を持った旅の男が歩いているだけだ。

汐見坂を上るうちに体に汗がにじんだ。早く帰って楽な着物に着替えたいと思う。羽織も袴も脱ぎ捨てたい。帰りを待ち望んでいるきぬの顔が瞼《まぶた》の裏に浮かぶ。

街道をそれ脇道にはいると、もう小さな我が家である。垣根越しに家をのぞいたが人の気配がない。

「きぬ、帰ってまいった。……おらぬのか」

音次郎は庭に入って声をかけたが、返事はなかった。

近所にでも行っているのだろうと、戸口から土間に入ったところで、上がり框《がまち》に洗い物がぞんざいに置いてあった。湿っているので、洗ったばかりのようだ。

家のなかはきれいに片づき、掃除が行き届いていた。新しく張り替えられた障子が、外の光を照り返していた。

音次郎は寝間に行くと、楽な小袖の着流し姿になって、一度縁側に立った。あたりを見まわすが、きぬの姿はどこにもない。

すぐに戻ってくるだろうと思い、台所で酒を見つけ、ぐい呑みに注いで口をつけた。

ふっと息をつき、ようやく人心地がついた。

外の林で鴉《からす》が鳴き騒ぎ、家のなかを風が吹き抜けていった。そのとき庭に人の気配がした。音次郎はぐい呑みを置くと、立ちあがって戸口に向かいながら、

「きぬか……」

と声をかけた。

だが、すぐにその口を閉じた。深編笠を被った二人の武士が戸口のそばに立っていたのだ。同じ渡し舟に乗っていた者だった。

「何用であろうか……同じ舟に乗っていた者のようだが……」

「佐久間音次郎だな」

ひとりが編笠を脱ぎながらいった。知った顔ではない。隣の男も笠を脱いで顔をさらした。やはり知らぬ顔である。

「何用だ？」

「命《めい》により、貴公のお命《いのち》頂戴する」

右の男がさらりと刀を抜いた。磨き抜かれた刃がきらりと陽光をはじき、音次郎の目を射た。

「誰の命と申す」

音次郎は下がりながら問うた。刀は奥の座敷にある。

すでに相手は殺気を漂わせている。だが、家のなかには入ってこようとはせず、

「闇討ちをかけるつもりはない。表に出てまいれ」

と誘いの言葉を吐いた。

「誰の命だ？」

「それはいえぬ」

音次郎は二人の動きを警戒しながら、座敷の刀掛けの大刀をつかんだ。

そのとき雲が日を遮ったらしく、にわかにあたりが暗くなった。

五

「何故、わたしの命を……」

音次郎は庭に出て、二人の武士と向き合うなり聞いた。

「貴公にはわかっているはずだ」

頰の削《そ》げた左の男が答えた。

音次郎は眉間にしわを彫り、目を細めた。自分を追う者はいなくなったはずだ。囚獄・石出帯刀《たてわき》も自分ときぬのことを不問にし、江戸を離れさせてくれた。それなのに、この男たちは命を受けたといっている。

いったい誰の命だというのだ。頭の隅で考えるがわからない。同時に、きぬの身に何か起きているのではないかという危惧がわいた。洗濯物を干さずに置き放しにしてあるのがおかしい。きぬは中途半端なことはしない女だ。

「いざ」

相手が青眼の構えを取った。頰の削げた男だ。

納得のいかない音次郎は剣先を下げた下段。だが、まだ構えはしなかった。自分の命を取りに来たこの男たちは、真正面から正々堂々と立ち合おうとしている。それは腕に自信があるからにほかならない。……並の腕ではないだろう。

「誰の命か知らぬが、貴公らの名を教えてもらえまいか」

「有沢禄之助《ありさわろくのすけ》」

頬の削げたほうが答えた。

「木村又五郎《きむらまたごろう》」

この男はまだ刀を抜いていなかった。有沢が自分を斬るのを見届けるつもりなのか、それとも有沢が斬られたらつぎに勝負を挑むつもりなのか……。大きな団子鼻の上にある目は鋭く吊り上がっている。

「覚悟ッ……」

有沢がいって、ジリッと間合いを詰めてきた。

音次郎は静かに右下段の構えを取った。どうあがいても、この男たちは自分を斬るつもりなのだ。だが、斬られるわけにはいかない。

有沢は一寸、また一寸と間合いを詰め、自分の刃圏にはいった。

隙がない。やはりかなりの手練《てだ》れだ。

音次郎の背中に冷たい汗が流れた。下段から中段に構え直し、静かに息を吸って吐いた。刀の柄《つか》を持つ手の力をゆるめ、再び指の付け根にやわらかな力を入れる。

有沢の体には殺気がみなぎっている。炎《ほむら》の立つ両眼はまばたきもせず、食い入るように音次郎の目の動きを凝視していた。

剣先が、ぴくっと動いた。音次郎もその動きに反応して、浮かした右軸足の踵《かかと》をわずかにおろし、地面すれすれのところで止める。

ゆるやかな風が二人の体を撫でるように流れていった。まだ、激しく動いてもいないのに、額に汗がにじむ。

動いたときに勝負は決する。

音次郎はそう読んだ。有沢も一刀で勝負を決する腹だ。

林のなかで鳴いていた鴉が、空に舞いあがり、二人が向かい合っている庭に影を作ったその瞬間、音次郎が動いた。

右足で強く地面を蹴って、有沢の懐に剣尖を迅雷の早業でのばしたのだ。しかし、それは空を突いたにすぎなかった。有沢は半歩下がると同時に、半身をひねり、つぎの瞬間、音次郎の左肩口に鋭い斬撃を送り込んできた。

勝負はその瞬間についたはずだった。しかし、音次郎の体は有沢の狙った場所より一尺ほど遠くにあった。

ハッと、有沢の目に狼狽《ろうばい》が浮かんだ。その刹那、音次郎の腕と体がひとつとなって動いた。愛刀・左近国綱《さこんくにつな》の刀身を極端に寝かせて、慌てて撃ち込んでくる有沢の刀をすりあげながら、首の付け根を裂くように斬ったのである。

つぎの瞬間、二人の体は交叉して、互いに背を向けていた。

ぴゅっと、ひと条の血潮が噴き散った。有沢は片膝をつき、それから音次郎を振りかえろうとしたが、そこで力尽き、地に伏した。

木村又五郎は信じられないというように、吊り上がった目を見開いていたが、音次郎が体勢を整えたのに気づくと、刀を鞘走らせ、裂帛《れっぱく》の気合とともに殺人剣を撃ち込んできた。

音次郎は正面でその一刀を受けた。

刃と刃が嚙み合うすさまじい音が耳朶《じだ》をたたいた瞬間、音次郎は腹を蹴られて尻餅をついていた。間髪を容れずに木村が動いた。太陽を背にしたその体が、黒い影となって音次郎に覆いかぶさってくる。

不利な体勢のままどうすることもできない音次郎は、素早く右に転んで相手の攻撃を避け、片膝をついた中腰で脇構えになった。

木村は無闇には撃ち込んでこなかった。一拍の間を置き、重心を後ろに引いた左足に移し、受け身の構えを取った。

　それからゆっくりと、足を八文字に開き、刀の切っ先を音次郎の眉間に据えた。攻防一体の立ち姿である。決してきれいな姿勢ではないが、そこには一分の隙もない。

　雲が太陽を遮りまた地面に影を落とした。

　林のなかで鳥が鳴いている。

　吹き渡る風が音次郎の乱れ髪を揺らした。着流した小袖は、有沢と戦ったことで乱れていた。襟が開き、裾が大きく割れている。しかし、そのほうが動きやすかった。

　木村は羽織袴である。襷《たすき》をかけていれば、まだしも動き易いだろうが、いまや着衣を調えている暇はない。

……相手は受け身。出てくるのを待っている。のばした剣先に、こちらの注意を集めようとしている。

　音次郎は心中で考える。相手の誘いに乗ったら負けである。ここで斬られるわけにも、死ぬわけにもいかない。死ぬとしても、せめてきぬの無事をたしかめてからでなければならない。

　木村はさっきの構えのままだ。地に足が生えたように微動だにしない。自分が動かなければ、相手の隙は見えない。ならば動くだけである。

音次郎はそう決めると、わざとすっと前に出て、相手の剣先を軽く横に払った。

それでも木村は動かない、やわな誘いには乗らないのだ。しかし、音次郎が素早く右にまわるように動くと、木村の構えが崩れた。

そのわずかな一瞬を逃してはならなかった。脇に構えていた音次郎の刀が、刃風をうならせて木村の脇腹を断ち斬っていた。

音次郎はしばらく残心を取っていた。腕にはたしかな手応えがあった。もう相手は立っていられぬはずだ。雲に遮られていた日が現れ、地表が明るくなったとき、どさりと倒れる音がした。

手強《てごわ》い相手だった。勝てたのは音次郎が相手より、生死を賭けた修羅場を何度もくぐり抜けてきたからだった。勝敗は実戦の場数で決したといってよかった。

音次郎は刀に血ぶるいをかけて、木村のそばに立った。まだ、息がある。木村のそばにしゃがんで襟をつかんだ。

「誰の命を受けてきた？」

「…………」

木村は音次郎を見惚れたように眺めた。口辺に嬉しそうな笑みさえ浮かべる。

「教えろ。誰の指図だ？」

「……み、見事だった」

「いわぬかッ」

木村は弱々しくかぶりを振ると、顎にぐっと力を入れた。あっと、音次郎が目を剝いたときには、木村は舌を嚙み切っていた。その唇から赤い血がこぼれた。

六

白須賀宿から西へ行くにしたがい海から離れてゆく。しばらく茶店もなにもない淋しい道となり、二川《ふたがわ》宿の手前で西方の山に鎮座している岩屋観音をあおぎ見ることができる。二川宿はその先である。

きぬが案内されたのは、白須賀を過ぎ、境川《さかい》を越えた先を右に折れて間もなく行ったところにある小さな神社の境内だった。本殿の瓦は剝げ落ち、雑草が生えている。壁は崩れ落ち、庇《ひさし》は傾いていた。

「ここで待ってもらう」

境内に入ってすぐ、伊平次がきぬを振り返った。

「旦那さんはどこに……」

「いまにわかる」

きぬはきょとんと首をかしげた。

「旦那さんが怪我をして休んでいるのではないのですか。そうおっしゃったではありませんか」

「騒ぐなッ」

それまでとは違う形相で伊平次が一喝《いっかつ》した。

ビクッと首を縮めたきぬは、騙《だま》されたのだと思った。胸の鼓動が急に速くなり、息苦しくなった。これは何かの罠だと思った。

「嘘だったのですね」

きぬは気持ちを強くして、伊平次と木之下弥九郎をにらむように見たが、二人は何も答えなかった。

それからもう一刻以上たっていた――。

神社の周囲には雑木の茂った山が広がっている。森閑とした森は深く、吹きわたる風の音と鳥の声しかしない。

伊平次も弥九郎もきぬに危害をくわえる気はないようだった。しかし、常にきぬを監視して逃げられないように見守っている。

　大きな銀杏《いちょう》の根方に腰をおろしたきぬは、どうにかして逃げられないだろうかと、さっきから考えつづけていた。別に縛られているわけではない。だが、立ちあがったり歩いたりすると、伊平次と弥九郎の鋭い視線が飛んできた。走って逃げても、すぐ捕まるのは考えるまでもなかった。

　逃げるのをあきらめると、音次郎のことを考えた。きっとよからぬことが身に起きているのだ。そうでなければこんなことはない。それがどんなことなのか、きぬには思いが及ばないが、危険が身に迫っているという不吉な予感を払拭《ふっしょく》することができない。

　ただ、気づいていることがあった。伊平次と弥九郎が田舎侍ではなく、おそらく江戸の者だということだった。

　言葉に訛りがないし、身につけている着物もどこか垢抜けている。

　二人はときどき言葉を交わしていたが、きぬに聞こえない低声《こごえ》だった。いまその二人は鳥居の下に立っていた。

　木で造られた鳥居は朽ちており、いつ倒れても不思議ではなかった。そばにある樹木に這《は》っている蔦《つた》が、鳥居に絡みついているので、倒壊をまぬがれているようだった。

「遅すぎる」

伊平次が苛立った声を漏らしてきぬのそばにやってきた。そのままきぬを見下ろす。

きぬは、身構えた体を硬直させた。

「怖がることはない。そなたをどうこうしようというのではない」

「旦那さんはどこです？」

「いまにわかる」

「どうわかるというのです」

伊平次は視線を外して、銀杏の幹を見あげた。張り出した枝葉から、地面に木漏れ日が射している。

「佐久間音次郎とは別れてもらう」

しばらくしてから、伊平次はきぬに視線を戻していった。

きぬはその一言に衝撃を受けた。

ざわざわと胸が騒ぎ、一瞬、頭のなかが真っ白になった。

「……なぜです？」

「それはいえぬ。だが、いまにわかる」

音次郎と別れることなど、きぬには考えられないことだった。きぬは音次郎のためならどこまでもついていくつもりでいる。一生添い遂げたいという思いがある。

しかし、伊平次は二人の仲を裂くようなことを口にした。

「何がわかるというのです。なぜわたしたちは別れなければならないのです。一体あなたたちはどういう人なのです？　旦那さんに何をしようとしているのです。いいえ、もう何かしているのですか？」

相手を責めるような勢いでまくし立てたきぬの瞳は、涙で曇っていた。

どうして自分たちの身に不幸が襲いかかってくるのかわからなかった。なぜつらいことがつぎつぎと起きるのか、それが悔しかった。神も仏も呪いたくなる。

役目を仰せつかって出かける音次郎を心配することはあるが、やっと安寧《あんねい》な暮らしを手に入れられたばかりだというのに……。

悔しさと悲しさがない交ぜになって、ついに嗚咽《おえつ》が漏れた。きぬは立てた膝に顔をうずめて、しばらく涙を流した。

「来た」

鳥居のほうから弥九郎の声がした。

きぬが顔をあげると、五人の武士が現れた。みんな旅装束である。

「始末は終わったのだな」

伊平次が聞いた。

「はい、あとのことは火盗改めにまかせてあります。捕縛した黒蟻一味は、明日江戸に送られる段取りになっています」

やってきた男が伊平次に報告し、

「それで佐久間は……」

と聞いた。

きぬは、涙に濡れた顔をはっとあげた。

「わからぬ。これよりたしかめに行ってくる。桂、おぬしらはここで待っていてくれ」

伊平次はそういってきぬを振り返り、

「あれは佐久間の内縁の妻だ。騒がれたくないので縛っておけ。だが、手荒なことはいたすな」

指図をした伊平次は三人の仲間とともに、その境内から出ていった。

新たにやってきた男たちが、きぬに近づいてきた。きぬは動くこともできず、男たちをただ眺めているだけだった。

七

音次郎は羽織袴に着替え、襷《たすき》をかけ、手甲脚絆《てっこうきゃはん》という姿に戻っていた。

命を狙いに来た有沢禄之助と木村又五郎は、ただ者ではなかった。二人を倒したあとで懐中のものを探ったが、身分を明かすようなものはなかった。

通行手形からも二人の身許はわからなかった。それは、刺客を命じた者が細心の注意を払っているからに違いない。

刺客の命令者はわからないが、音次郎はこのままで終わるとは思わなかった。それにきぬはいつまでも帰ってくる気配がない。何者かに拉致《らち》されていると考えるべきだった。

家を出る前に、きぬの着物が衣紋掛《えもんかけ》にかけてあるのを見た。この夏、白須賀の着物屋で音次郎が仕立ててやった路考茶《ろこうちゃ》地に松葉散らしの小紋だった。きぬはこの着物をいたく気に入り、つぎの縁日があるときに着ていきたいと楽しみにしていた。

音次郎は袖をつまみ、鼻に持っていった。かすかにきぬの匂いがついているような気がしたが、それは錯覚でしかないはずだ。

帯に大小を差して庭に出た。二人の男は倒れたままだ。これをどうしようかと、視線を上にあげ、弧を描く鳶《とび》を眺めた。死体を隠せば、まだ目に見えぬ敵の動きが遅くなる気がした。ならば、このまま放っておくべきだろう。

音次郎は二つの死体に筵《むしろ》をかけただけで、家を出た。街道まで進まず、その手前の雑木林のなかに踏み入った。先にきぬが来ればここで呼び止めることができる。また、見知らぬ者が通れば、尾行して様子を窺う。

とにかく自分ときぬの身に、これまでにない危機が迫っているのはたしかだった。

東海道から自分の家にはいる道は、ずっと奥の村につづいている。道幅は一間より少し広いぐらいだ。

音次郎は藪のなかに身を置いたまま、その道を見張った。

ほどなくして白須賀宿にある旅籠・雲乃屋《くものや》の隠居、徳衛《とくえ》が通っていった。きぬのことを訊ねたくなり、思わず声をかけそうになったが、ぐっと我慢をした。

それから鍬《くわ》を担いだ百姓が二人、奥の村に歩いていった。それとすれ違うように禮《れい》運寺《うんじ》の慈道《じどう》という和尚が、宿場のほうに去って行った。

きぬが戻ってくる様子はない。

流れる雲が太陽を遮るたびに、あたりが翳った。

ときどき風がやみ、また吹いた。足許に白い韮《にら》の花が咲いていた。

音次郎は自分の命を取りに来た有沢と木村のことを考えた。二人は諸国の侍ではない。直感であるが外れていないだろうし、言葉に訛りがなかった。

すると江戸からということになるが……。

音次郎はじっと、遠くの山に目を注いだ。自分は黒蟻の勇蔵一味の捕縛にあたっていた。そして、無事に賊一味を押さえることができた。二人の刺客が現れたのは、浜松を去り家に戻ってきてすぐのことだ。

それはたんなる偶然だったのだろうか……。それとも、あの刺客も浜松にいたのだろうか……。いくら考えても答えは出ない。

中天にあった太陽が、高度を下げはじめたときだった。

四人の男が前の道に姿を現した。先頭を歩くのは赤ら顔の猪首《いくび》である。口を一文字に引き結び、三人の男をしたがえて道の奥へ歩み去った。

音次郎は隠れていた藪から進み出て、男たちの後ろ姿を目で追った。案の定だった。四人の男たちは家の前で立ち止まった。二人が庭に入り、二人が表で待った。

すると、庭に入った二人が慌てた様子で駆け戻ってきて、表の二人も庭に入った。死体を見つけたのだ。

再び表道に現れた四人はあたりを見まわし、そして引き返してきた。音次郎はあとを尾けることにした。絶対に気取られてはならないので、十分な距離を取った。

男たちは白須賀宿に入った。音次郎はなるべく知り合いに顔を合わせないように、気を配らなければならなかった。宿場のほとんどの者は音次郎ときぬのことを知っている。下手に声をかけられれば、相手に知られてしまう。

だが、運良く宿場を通り抜けることができた。男たちの姿は遠くにある。音次郎に気づいた様子もない。

境川に架かる橋を渡り、岩屋観音が見えてきたとき、男たちは右の脇道にそれた。その先に廃れた古い神社がある。音次郎は以前、このあたりに山菜を摘みに来たことがあるので、おおよそのことは知っていた。

頭上を覆うように樹木のせり出した小径を進んでゆくと、朽ち果てた鳥居が見えた。そのそばに人の影がある。音次郎は林のなかに分け入り、境内の裏に回り込んだ。

きぬは後ろ手に縛られ、杉の木にくくりつけられていた。縄を外そうとしても無駄だというのはわかっていたので観念していた。しかし、男たちのやり取りで、音次郎の命が狙われていることがわかった。

そして自分を連れに来た関口伊平次と木之下弥九郎が目付であると知った。あとでやってきたのは御先手組の者で、浜松城下で黒蟻の勇蔵という盗賊を追っていたのだとわかった。

御先手組の者は目付に比べると口が軽かった。互いに役目のことを愚痴ったり、仲間をからかったりした。だが、表情を硬くした伊平次が戻ってきて、

「木村と有沢が斬られた」

という言葉を聞くと、誰もが互いの顔を見合わせ黙り込んだ。

「まことにあの二人が……」

驚きの声を漏らしたのは、鷲鼻《わしばな》の弥九郎だった。

「相当の腕だと聞いてはいたが、まさか木村と有沢が斬られるとは……」

「それで、佐久間はどこに？」

「姿はない。家にもいない」

「逃げたのでは……」

そういったのは御先手組の与力・桂新右衛門だった。

「逃げたとは思えぬ。女房を捕まえてあるのだ。よし、こうなったらあの女を……」

そういった伊平次がきぬに目を注いだ。きぬは体を地蔵のように固めた。

「こんなこともあろうかと思い、人質に取ったのは正しかった。佐久間にこのことを知らせておびきだすのだ」

伊平次がそういったとき、林のなかから声がわいた。

「その手間はいらぬ」

男たちが一斉に林のなかに現れた男に目を向けた。

きぬもそっちを見て目を大きく瞠《みは》った。

「……旦那さん」

つぶやいたとき、音次郎が刀を抜き、藪をかきわけて、境内に躍り出てきた。

「命がほしければ力ずくで取るがよい。かかってまいれッ！」

音次郎は声を張って、男たちをにらむと、

「きぬ、いま助ける」

そう一言いって、刀を頭上に振りあげ地を蹴り、男たちに斬り込んでいった。

「女をどうする？」

八

刺客たちの虚をついた音次郎は、一気呵成《いっきかせい》の先制攻撃に出た。

時機を見計らって相手をひとりずつ倒してゆく、あるいは逃げるという選択肢もあった。しかし、きぬが人質になっていては、容易ならざること。音次郎は先に斬り込んでこの窮地を乗り切ろうと考えたのだった。

藪のなかを抜け、雑草の生える境内に躍り出るなり、最初に撃ちかかってきた男の胴を薙ぎ払い、そのまま走り抜けると、くるっと振り返り、桂新右衛門をにらんだ。

「おのれ、おれと会ったときからいずれこういうことをする腹であったか」

音次郎は憤怒に滾《たぎ》る目を桂に向けた。

「それは違う。こう決まったのは今朝のことだ。聞けば、おぬしは罪人だというではないか。話を聞いてあきれたわい」

「むっ……」

一歩踏み出した音次郎は、こやつらは自分が牢屋敷から放たれたことを知っているのだと悟った。

「指図をしているのは誰だ？」

「罪人に答えることはないッ！　かかれッ！」

声を張りあげたのは、さっき音次郎の家を見に行った猪首の赤ら顔だった。

三人が音次郎の前に立ち塞がった。浜松の旅籠で顔を合わせている男ばかりだった。つまり、柱の下についている同心である。

音次郎は腰を落とし、いつでも撃ちかかることができ、また防ぐことのできる中段の構えになって、相手の出方を待った。

目の前の男たちが自分を恐れているのがわかった。ここは躊躇《ためら》っている場合ではない。裂帛の気合一閃、音次郎の刀が電光の速さでうなりをあげ、右にいた先手組の同心の胸を斬りあげた。

瞬間、相手は獣じみた悲鳴をあげてのけぞり、横に倒れた。すぐに他の者を倒さなければならなかったが、右に回り込んだ男が鋭い突きを送り込んできた。たまらず後ろに下がると、左から撃ち込んでくる者がいた。

音次郎は相手の刀を撥ねあげると、鳥居をくぐり抜けて脇の杣道《そまみち》に逃げた。男たちが散らばって追い込んでくる。

音次郎は狭い一本道に誘い込み、ひとりずつ相手にしようと考えたのだが、狙いはあっさり外れてしまった。おまけに足場がよくない。

男たちは目の前の藪をかきわけたり、邪魔な小枝を刀で払いのけて迫ってくる。逃げずに攻撃をしなければならないと、音次郎は相手の動きを鷹《たか》の目になって見る。

御先手組の若い同心が、篠竹《しのだけ》を払い斬りながら、勢いよく突進してきた。無謀なことであるが、八相に構えている音次郎の脳天めがけ刀を振り下ろしてきた。

「とおッ！」

よかったのは気合だけである。音次郎は唐竹割りの一撃をあっさり外すと、相手が着地する寸前に、脇腹を薙ぎ払っていた。

斬られた男は血潮を散らしながら藪のなかをのたうちまわった。

「退《ひ》くなッ。退くんじゃない。相手はたかがひとりだ」

逃げようとした同心を叱咤《しった》したのは、さっきの赤ら顔の猪首であった。

「もうきさまは逃げられぬ」

猪首はそういって迫ってくる。

その脇に御先手組の与力・桂がいる。

右に回り込もうとしているのは、鷲鼻の男だった。

猪首が倒木を蹴って、撃ちかかってきた。音次郎はそれを刀の棟ではじき返し、そのまま袈裟懸けに刀を振った。

猪首は俊敏にかわして、反撃の体勢を整える。

「有沢と木村を倒したのには驚かされたが、なるほどなかなかの練達の技を持っているようだ」

猪首がじりじりと間合いを詰めてくる。

音次郎は猪首だけを相手にしているわけにはいかない。剣気を募らせた他の三人も油断がならない。音次郎は相手の間合いを外さなければならなかった。自然、後ろに下がることになる。

「きさまも御先手組の者であるか？」

音次郎はそういってから、右に迫ってきた男にさっと剣先を向けて、牽制した。

「そうではない」

「ならば、どこからの使いだ？」

「それはいえぬ」

猪首が上段から撃ち込んできた。

音次郎はさっと樹木の陰にまわりこんで避けた。と、いつの間にか左に回り込んでいた男が、突きを送ると見せかけて、刀を素早く振った。

「うっ……」

音次郎は短くうめいて下がった。右肩を斬られていた。不覚を取ったが、傷は深くないとわかる。それでも傷口からしたたる血が、腕を赤く濡らしている。

迫ってくる四人に余裕の色が浮かんだ。

傷を負っている音次郎は、にわかに焦る心を静めようとつとめるが、相手は逃げ道を塞ぐように四方に動いている。右に左に、そして正面を警戒しなければならない。

さっきまでのように、男たちは不用意に撃ち込んではこない。形勢は明らかに不利である。この窮地をなんとか切り抜けなければならないが、前には進めない。だとしたら一度大きく下がるしかない。

さっと背を向けると、狭くて険阻《けんそ》な石ころだらけの道を半町ほど走って振り返った。瞬間、一直線に飛んでくるものがあった。音次郎は体を半身に開き、刀でたたき落とした。猪首が投げた小柄《こづか》だった。

「もう逃がしはしない」

猪首は汗を噴き出しながら間合いを詰めてくる。音次郎は腰を低く落とし、下段の構えのまま他の三人の動きにも注意した。

鳥たちの声に交じって、背後で水音がする。境川の上に来たのだとわかった。すると、この先は崖だ。しまった、道を間違ったと、心中で舌打ちをしたが、いまやどうすることもできなかった。

左から忍冬《すいかずら》をたたき切って撃ちかかってくる男がいた。

音次郎は体を開いてかわしたが、今度は右から鋭い斬撃が襲いかかってきた。横に払って逃げるのが精いっぱいだった。

直後、猪首が正面から刀をすりあげてきた。

音次郎は今度も下がるしかなかった。その瞬間、足が小石を踏み外し、膝ががくっと折れた。すかさず猪首が剣尖をのばしてきた。

背後の木の幹にもたれてかわした。と、今度は横合いから胴を払い斬りにきた者がいる。しかし、その刀はざっくりと木の幹に食い込んだだけだった。

音次郎はその瞬間を逃しはしなかった。相手を逆袈裟に斬りあげたのだ。絶叫が森のなかに響きわたった。

すでに息があがっていた。肩を大きく動かして呼吸を整える。目を赤く血走らせた獰猛《どうもう》な獣に追い込まれている心境だった。

「こいッ、かかってこい」

そういって、一気に間合いを詰めてきたのは鷲鼻の男だった。音次郎はその動きに、意表をつかれた。

機先を制すように撃ち込むと見せかけたと同時に、足を払い斬りにきたのだ。音次郎は後ろに飛んでかわすしかなかった。鷲鼻はすかさず次の斬撃を見舞ってきた。

その攻撃に重心が後ろに移っていた音次郎は、体の均衡を保つことができず、尻餅をつくように倒れるしかなかった。ところが、音次郎の尻は地面にはつかなかった。そのまますうっと、宙に体が浮いたのだ。鷲鼻もすぐそばの宙に躍《おど》っていた。

「あっ……」

短く声を漏らしたときには、もう自分の体は急速な勢いで崖下に転落しているのだった。音次郎は何かをつかもうと手を動かしたが、体に強い衝撃があって、意識が遠のいた。

第六章　峠道

一

関口伊平次は、音次郎と同輩の木之下弥九郎が目の前から突如消えると、崖《がけ》っぷちまで駆けていき、下をのぞき込んだ。

二人の体が宙を泳ぐように落下している。崖の途中には、繁茂した小枝が藪《やぶ》のように張り出している。二人の体はその張り出した藪を突き抜け、ばさっばさっと音を立てて落ちていった。途中でその姿が見えなくなり、激しく水に落ちる音が聞こえた。

伊平次は崖下に目を凝らした。下は境川の急流である。狭隘《きょうあい》な谷間を流れる川のあちこちには巨岩があり、水はその岩を縫うように流れている。

「どこだ……」

伊平次は崖下を見ながらつぶやいた。

そばにいる桂新右衛門も、同じように崖下に目を凝らしていた。

「見えるか……」

伊平次はもう一度桂に聞いた。桂は横に首を振る。

崖下には岩にぶつかって白い飛沫をあげる奔流が見えるだけだ。岩場を縫うように流れる川音が崖下に広がっている。甲高い鳥の声がする。山の上で舞う鳶《とび》が、笛のようなのどかな声を降らしていた。

「ここから落ちたら命はないでしょう」

桂がつぶやいた。

崖の高さはゆうに十五丈（約四十六メートル）はあるだろう。

「しかし、二人の体が見えぬ」

崖の途中に張り出している藪のような木の枝が邪魔をして、二人の視界を塞《ふさ》いでいるのだった。

「いかがします？」

桂が聞いてきた。

伊平次は桂を見返して、

「とりあえず二人がどうなったかたしかめる」

そういって立ちあがり、墜落した二人を捜すために崖の上を移動した。

音次郎が昏睡から醒めたのはすぐだった。しかし、すぐに目をあけることはできなかった。閉じた瞼《まぶた》に日の光を感じるが、開けることができない。体の節々に痛みがある。あちこちの関節がばらばらになっているようだ。

深く息を吸おうとしたとき、また意識が遠のきそうになった。音次郎はここでくたばってはならぬ、死んではならぬと、心中にいい聞かせる。

水音がすぐそばでする。気持ちよい音だった。

脳裏にきぬの顔が浮かんだ。淋しそうな顔に笑みを浮かべている。すると、その顔がすうっと消えて、すでに他界している妻・お園《その》が倅《せがれ》の正太郎《しょうたろう》といっしょに現れた。どこか知らぬ町角に立って、音次郎を手招きしている。音次郎は嬉しそうに頬をゆるめて二人に近づいた。

「あなた様……」

お園が声をかけてきた。

「父上」

正太郎が元気な声で呼んだ。

「待っておったか」

音次郎は妻子のもとに近寄ったが、もう少しというところで、二人の姿がどこへともなく消えてしまった。

慌ててあたりを見まわすと、血刀を下げた若い男が立っていた。

「晋一郎《しんいちろう》……」

音次郎は呆然とした顔で、相手の名を呼んだ。

晋一郎は音次郎が間違って斬り捨てた浜西吉左衛門《はまにしきちざえもん》の倅だった。音次郎は自分の妻子を殺したのは、吉左衛門だとてっきり思い込んでいた。だが、真の下手人は他にいたのだ。

「斬りに来たか」

音次郎が訊《たず》ねると、晋一郎はなぜかくるりと背中を見せた。

「父上の敵《かたき》は取りました」

晋一郎はそういってどんどん歩いて行き、火の見櫓《やぐら》の下を曲がって見えなくなった。

「…………」

声もなく見送っていると、釣り竿を肩にかけたきぬが現れ、

「旦那さん、おいてけ堀に釣りに行きましょう」

という。

そうだ、自分はいま、牢屋敷から出されてきぬと暮らしているのだったと気づいた。

いつしかおいてけ堀の畔《ほとり》に座り、釣り糸を垂れていた。その水面に、忽然《こつぜん》と人が立ち現れた。

「佐久間音次郎、これより一度死んで生まれ変わったと思い、この帯刀《たてわき》に仕えよ」

現れたのは囚獄（牢屋奉行）・石出帯刀だった。帯刀はつづけた。

「……極悪非道の悪党どもを草の根わけてでも捜しだし、天罰をくわえよ」

「天罰……」

「問答無用に斬り捨ててかまわぬ」

「御奉行……」

音次郎が腰をあげようとすると、隣に座っているきぬに腕を引かれた。そっちを見ると、きぬではなかった。左目が白く濁った吉蔵《よしぞう》だった。

「あっしは旦那とこうしていると、心が安らぐんです。あっしを人間らしく扱ってくれたのは旦那だけです」

そういう吉蔵の目に涙の膜が張っていた。

吉蔵、達者でやっているのか……。音次郎は夢を見ているのだと気づいて、胸の内で呼びかけた。すると、いつしか場所が変わった。

そこは山のなかにある温泉場だった。湯煙の向こうに女が立っていた。その女がすうっと湯のなかに沈み込んで、音次郎に近づいてきた。

「佐久間さん……」

女は唇を小さく動かした。

「お藤か……」

「おきぬさんを……」

お藤がそういったとき、湯煙の向こうにある杉の木が見えた。その木にきぬが縛られていた。音次郎は、はっと目を見開いた。

「旦那さん、助けて、助けてください!」

きぬが悲痛な声で叫んでいた。

音次郎が走馬灯のようにくるくると変わる夢から覚めたのは、そのときだった。まぶしい日射しに目をそむけ顔を動かすと、そばに男が倒れていた。崖の上で自分に襲いかかってきた鷲鼻《わしばな》の男だ。

体半分を水につけ、上半身を砂場に横たえていた。音次郎はそのすぐそばの砂の上に仰向けに倒れているのだった。

ゆっくり手先に力を入れ、指を動かしたとき、

「ううっ……」

と、うめきを漏らした鷲鼻が半身を起こした。その片手に刀が握られている。音次郎は慌てて起きあがろうとしたが、体がいうことを聞かなかった。

自分の刀が目の先に落ちている。水に濡れた石ころの上だ。手をのばそうとしたが、届かなかった。鷲鼻がよろよろと立ちあがり、ふっと大きく肩を動かして、音次郎を見下ろした。

「きさま……」

鷲鼻は口をゆがめて、刀を振りあげた。

刃がまぶしい日の光をきらりとはじいた。

音次郎は逃げなければならなかったが、体はわずかにしか動かなかった。

鷲鼻は足を引きずって近づいてくると、刀の切っ先を音次郎の胸に狙いさだめ、そのまま撃ち下ろしてきた。

音次郎は逃げることができなかった。かろうじて体を脇にずらし、右手を素早く動

かした。直後、鮮血が迸《ほとばし》るように散り、音次郎の顔をまっ赤に染めた。

音次郎は息を止め、目を瞠《みは》ったまま相手の顔を凝視した。鷲鼻は顔を紅潮させ、そしてにやっと口辺に笑みを浮かべた。

これまでだ……。

音次郎は胸の内でつぶやき、ゆっくり目を閉じ、再び暗い闇の世界に引きずり込まれていった。

二

伊平次と桂は崖の上を歩きながら、音次郎と弥九郎が落ちたところが見えるところへやっと辿《たど》りついた。そこまで行くのに、深い藪を抜けたり、視界を邪魔する雑木を払い切らなければならなかった。

二人は息を切らし、汗びっしょりになっていた。

「あのあたりでしょう」

桂が突き出た岩を恐る恐る這《は》いながら、身を乗り出した。伊平次も同じように岩に取りついた。

「いました」

桂が声を発する前に、伊平次も気づいていた。

音次郎と弥九郎は中洲になっているわずかな砂場に身を横たえていた。二人とも仰向けに倒れて身動きもしない。

「死んでいるのか……」

「助かってるとは思えませんよ。なにしろこの高さです」

桂がいうように、伊平次にも二人が助かっているとは思えなかった。崖下から吹きあげてくる風が、汗だくになっている首筋をなでていった。

「どうします？」

桂が顔を向けてきた。

「うむ。弥九郎の死体をあのままにしておくわけにもいかぬし、佐久間を仕留めたという証拠もいる」

「首でも落としますか」

「首を……」

「塩漬けにして持ち帰ればよいのです。そもそも罪人でもありますし、わたしの配下の同心を斬り殺し、関口さんのご同輩も斬っているのです。つまり、佐久間は背負っている罪にくわえて幕臣をも殺したのです」

「たしかにそうだが……」

伊平次は塩漬けの首を持ち帰っても、詮無《せんな》いのではないかと思った。それより、そんなことをするのが面倒だった。だが、何か証拠がいる。

「手首を切り落とすか。首を運ぶより楽だ。それで十分であろう」

音次郎はすでに処断されていることになっている。首を持って帰る必要はなかった。指図をした目付頭《めつけがしら》も、首を持ち帰ってこいとはいわなかった。

「あとで下におりよう。その前にやることがある」

伊平次はきぬを縛っている神社に戻ることにした。斬られた仲間の処理もしなければならない。これは二川宿の問屋場《といやば》に行って助《すけ》を頼めばよいだろうが、骨が折れそうだ。

音次郎はゆっくり目を開けた。日の光がまぶしい。胸を大きく動かして息を吸い、吐き出した。節々に違和感はあるが、さっきより体が楽になっていた。

やむことを知らない川音が耳にひびきつづけている。音次郎はゆっくり半身を起こして、右手に握られている脇差しを見た。血まみれである。

そして、すぐそばに鷲鼻があおむけに倒れていた。肩口から血が流れているが、胸が上下している。まだ息があるようだ。

音次郎は鷲鼻の襟首をつかんで、

「おい、目を覚ませ」

と声をかけた。肩口がべっとり血で濡れていた。

「起きるんだ」

軽く頬をたたいてやると、鷲鼻がうっすらと目を開けた。

「きさまはいったい何者だ？」

「殺せ」

鷲鼻は弱々しい声を漏らした。

「きさまの名は？」

「……木之下、弥九郎」

鷲鼻は少し間を置いて名乗った。

「何故、おれの命を狙う？　きさまは何者だ？」

「……徒目付《かちめつけ》……」

徒目付……。

音次郎は胸中でつぶやいた。

徒目付は目付の支配下にあって、幕府諸役人の監察を行い、評定所や牢獄などへも出役《しゅつやく》し、検死をやり、ときに拷問や刑罰の執行にも立ち合う。その他にも役目はあるが、遠国《おんごく》への出役もする。百俵五人扶持《ぶち》で、おおむね六十人前後が配されている。

「黒蟻《くろあり》の勇蔵一味を捕縛に来たのはきさまら徒目付であったか……」

「それもあるが、きさまを捕らえて斬り捨てる命《めい》も受けていた」

木之下弥九郎は自分の命が長くないと思っているのか、か細い声で正直なことを口にした。息苦しいのか、はあはあと荒い息をする。

「きさまに指図をしているのは誰だ？」

「頭にしたがっているまでだ。だが、きさまのことはわかっている」

「何がだ？」

「きさまは死罪の刑を受け、打ち首になっていた男だ。ところが、どういうわけか囚獄のはからいで野に放たれた。何のためにそんなことになったのか知らぬが、あるまじきことだ。放っておくわけにはいかなくなったのだろう……うっ……」

弥九郎は口を半開きにして喘《あえ》ぐように息をした。

「どうやっておれのことがわかったのだ？」

「知らぬ。おれたちはきさまを捜して討つ。ただ、それだけのことだ。咎めを受けなければならぬ罪人に慈悲もなかろう」

音次郎はこの男は上の命令で動いているだけで、詳しいことは何も知らないのだと思った。しかし、この男に指図をしている者は違うはずだ。

「黒蟻の勇蔵一味捕縛のために、三人の目付が来ていると聞いていたが、きさまらがそうであったか」

「三人ではない四人だ」

「四人……」

音次郎は首をかしげた。もっとも浜松で目付に会ったことはなかった。顔を合わせたのは先手組《さきてぐみ》の者と、井上家の家臣だけであった。

「猪首の男がいたが、あの者も徒目付であるか」

「関口伊平次という組頭だ。おれを殺しても、関口さんからは逃げられぬ。きさまを殺すまでは、関口さんはたとえ地の果てであろうが追いつづけられるであろう。おい……」

「なんだ?」

弥九郎は苦しそうに顔をゆがめ、大きく息継ぎをして、

「こ、殺してくれ。く、苦しいのだ……」

と、蚊の鳴くような声を漏らした。それは川音にかき消されそうだった。

音次郎は静かに弥九郎を見下ろした。

放って置いても長くないと思った。日に焼けた顔は土気色になっており、唇は青くなっていた。止めを刺して楽にさせてやろうと思ったが、自分を殺そうとした男に慈悲をかけることはない。

「た、頼む……」

弥九郎がすがるような目を向けてきたが、音次郎は心を鬼にして立ちあがった。

きぬを助けに行かなければならない。自分が落ちてきた崖の上を見あげ、どこかに登り口があるはずだと視線を遠くに投げた。

三

きぬは杉の木に縛られたままだった。

音次郎を追っていった男たちは、なかなか帰ってこなかった。その間、きぬは心のなかで手を合わせ、音次郎が自分にかまわず逃げてくれることを必死に祈りつづけていた。

そして、どのくらいの刻《とき》が過ぎたかわからなかった。きぬにはとてつもなく長く、また短くも感じられた。それでも、傾きつづける太陽の位置は、まだ高いところにあった。木々の間を抜けてくる光が、境内の地面に幾条《いくすじ》ものびていた。

関口伊平次と桂新右衛門の戻ってくる姿を見たとき、きぬは瘧《おこり》にかかったように縛られている体をぶるぶるふるわせた。二人はきぬのところにはすぐにやってこなかった。一度、きぬを見ただけで、また後戻りした。

いったい何をしているのだろうかと、ふるえながら二人の行動を見守っていると、斬られた仲間の死体を一箇所に集めているのだとわかった。その姿は藪や木の陰になって見えたり見えなかったりしたが、音次郎も斬られたのではないかと気が気でなかった。

やがて、伊平次と桂は作業を終えて、きぬのそばにやってきた。

今度は自分が殺されるのではないかと、きぬは思った。音次郎が斬られてしまったのなら、いっそのこと殺されてもいいと思った。

不安と絶望が波のように押し寄せてきた。伊平次と桂が目の前に立った。きぬは大きく目を瞠ったまま息を詰めた。

伊平次がその瞳の奥をのぞき込むように見てくる。

「だ、旦那さんは……」

きぬはふるえる声を漏らした。

「おまえには慈悲を与える」

伊平次はきぬの問いには答えずにそういった。

「旦那さんはどうなったのです？」

伊平次はゆっくり首を横に振った。

きぬはまばたきもせず伊平次を凝視した。この男は音次郎が死んだといっている。

いや、殺したといっているのだ。

「……死んでしまったのですか？」

「わたしの仲間も斬られた。罪人であった佐久間はまた罪を犯した。何の罪もない捕り方を斬ったのだ」

伊平次は単調な声でいった。

「なぜ、なぜ……旦那さんは、罪人などではありません」

いったとたん、胸が張り裂けそうになった。何かいわなければならないこと、聞きたいことがあったのに、もう言葉にはならなかった。

うわーっと、悲鳴じみた泣き声をあげた。大粒の涙が両目から泉のようにあふれ、止めどなく頬をつたった。

「泣いても喚《わめ》いても同じだ。おまえは運がよかったと思うことだ。囚獄は松平越中守の考えを受けて、佐久間を自由の身にされたが、あいにく越中守は職を解かれてしまった。そのことで佐久間のことが露見した次第だ。死罪になるべきはずの罪人が生きていてはおかしなことであろう。だが、おまえには伊豆守様の恩情が与えられた。江戸帰参は当然かなわぬことであるが、命を長らえられることができるだけでもありがたく思うことだ」

伊平次はそういってきぬを縛《いまし》めている縄を切った。ざくっと一本が切られると、きぬの体を締めつけていた縄が、するするっと足許に落ちた。

「向こうを……」

伊平次はきぬの肩を押して後ろ向きにさせると、後ろ手に縛っていた縄も切った。手首を締めつけていた縄が外れると、急に手先に血が通うのがわかった。

だが、きぬは立っていることができなかった。あまりの悲しみに打ちひしがれて、地面に両手両膝をつき背中を波打たせてしゃくりあげた。

「どこへでも好きなところへ行くがよい」

伊平次はそれだけをいうと、きぬのそばを離れていった。そのとき、きぬは泣いている場合ではないと気づいた。

泣き濡れた顔をはっとあげると、

「待ってください」

と、伊平次と桂の背中に声をかけた。

二人が足を止めて同時に振り返った。

「旦那さんはどこです？　旦那さんが殺されたのなら、弔いをしなければなりません。わたしに死体を……」

きぬは声を詰まらせた。

伊平次は桂と顔を見合わせてから、きぬに顔を戻した。

「死体がほしければ、崖の下に行くことだ。この先の崖下の河原にある」

「……河原に」

「そうだ。だが、おまえひとりであげるのは無理だろう。いま、宿場の者を集めてくる」

きぬは息を止めたような顔で、伊平次を見つめた。木漏れ日が弱くなり、影が長くのびていた。

「待っていろ」

伊平次はそのまままきぬを置いて行こうとしたが、

「いらざるはたらきは無用だ」

と、突如、どこからともなく声がわいた。

三人は一斉に声のほうに顔を向けた。

鳥居の下に西日を背にした音次郎の姿があった。

「旦那さん……」

きぬは目を輝かせてつぶやいた。

四

「きさま、なぜ……」

伊平次が驚愕したように目を見開いていた。

「おのれ、死んでいなかったのか」

桂が刀を抜いて一歩進み出た。

音次郎は静かな眼差しを桂に向けた。木之下弥九郎の返り血を浴びた音次郎の顔には、玉の汗が浮いていた。着衣はよれよれになっており、ところどころ破れていたし、傷ついた肩口は、流れた血によって赤黒く染まっていた。

「御先手組は徒目付といっしょに、端《はな》からおれを殺しに来たのであるか」

音次郎は桂をにらみ据えて訊ねた。

「そうではない。おぬしを討つことになったのは、黒蟻一味の一件が片づいたあとで決まったことだ。まさかおぬしが罪人だったとは、思いもいたさぬことだったわい。それにしてもよくも、手下の者たちを……」

ジリッと間合いを詰めた桂は八相に構えて、

「仲間の恨み、存分に晴らさせてもらう。覚悟しおれッ」

そういうなりいきなり斬りかかってきた。

音次郎の刀は鞘に納まっていたが、桂が撃ち込んでくると同時に、右足を踏み込むなり抜きざまの一刀で、胴を撫で斬っていた。

振り抜いた音次郎の刀の切っ先から、夕日に染まった血のしずくが、ぽとりと落ちて乾いた地面に吸い込まれていった。

桂は体をゆっくりひねるように大地に倒れた。

さっと、刀の刃を返した音次郎は、すぐさま伊平次に体を向けた。

「徒目付の組頭だそうだな。関口伊平次……」

名前を呼ばれた伊平次の眉がぴくっと動いた。

「誰の指図でおれを討ちに来た？　もう隠すことはないだろう……」

一歩前に出ると、伊平次は刀を脇に構えた。

「知りたいか」

「当然だ。申せ」

「松平伊豆守信明《のぶあきら》様だ」

「なにッ……」

音次郎は眉間にしわをよせた。

「越中守様はお役御免になり、職を辞され伊豆守様が老中筆頭の地位に就かれた。きさまが牢屋敷を放たれたのは、越中守様の思惑《おもわく》があってのことだと聞いている」

「まことに……」

信じられないことであった。

牢屋敷を出されたのは単に囚獄の一存だったとこれまで信じていた。だが、松平越中守定信の思惑があったなどとは思いもよらぬことだった。それに、定信が罷免されたと伊平次はいっている。

「この期に及んで嘘をいってもしかたなかろう。きさまの命、この関口伊平次がもらい受ける。それにしても悪運の強いやつだ。てっきり崖下に落ちて死んだものと思っていたのに……」

「越中守の考えでおれが牢を放たれたのであれば、伊豆守が口出しをすることではなかろう……」

松平伊豆守信明は定信といっしょに寛政の改革を進めてきた人物で、定信の片腕とも懐刀《ふところがたな》ともいわれた男だ。

「そんなことはおれの知るところではない」

「すると、おぬしは伊豆守から直々におれを討つように指図をされたというのであるか。そんなことが……」

「ふふ、さすが元幕臣だけはある。そうよ、御老中から直々にたかだか百石取りの徒目付に、下知《げち》があろうはずない」

「それでは誰が命を受けたというのだ？」

「そんなことをいまさら聞いても仕方がなかろう」

「いえ。教えるのだ」

音次郎は一歩、また一歩と間合いを詰めて聞いた。

「おまえを手先として使っていた人がいたであろう。そういえば心当たりがあるはずだ」

「まさか……」

「そうよ、ご公儀お庭番・村垣重秀殿だ」

「嘘をいっているのではないか」

音次郎は信じたくなかった。

「いまさら嘘をいってもしかたなかろう。だが、村垣殿は気乗りしておらぬ。自らの手で討つのをいやがって、おれたちにまかせてしまわれた。まあ、いずれにしろきさまを生かしておくわけにはいかぬのだ」

裏切られたと、音次郎は胸中でつぶやいた。奥歯をギリッと嚙み、ぐつぐつと煮えたぎる憤怒を抑えようとした。冷静を保たなければ、生死を分ける戦いには勝てない。

「覚悟しろッ!」

伊平次は声を張りあげるなり、一挙に間合いを詰め、迅雷の剣を撃ち込んできた。

音次郎は左足を引いて、その太刀を撥ねあげると、返す刀で伊平次の眉間に撃ち込んでいった。だが、これは体を開かれてかわされた。すかさず伊平次の殺人剣が、横合いから飛んできた。音次郎は体勢を崩しながら、伊平次に空を切らせると、すかさず横に動いて、前に跳んだ。

伊平次は音次郎の太刀をすりあげようと、剣先をのばしてきた。だが、それはうまくいかなかった。音次郎が深く膝を折って沈み込んだからだ。

伊平次が相手を見失って慌てたその一瞬、音次郎の刀は逆袈裟《ぎゃくげさ》に斬りあげられていた。

「くくっ……」

伊平次は後ろにたたらを踏み、持ち堪《こた》えた。

「き、きさ……ま……」

うめくような声を漏らした伊平次は、がくっと膝をついて、ゆっくり前に倒れた。刀がその手から離れた。

音次郎はそばによると、襟をつかんで顔をあげさせた。

「村垣さんはどこにいる？」

「…………」

伊平次はうつろな目で見てきた。人を蔑《さげす》むような眼差しだった。

「知ってどうする？」

「いえ、いうんだ」

木漏れ日が死相を浮かべている伊平次の顔にあたった。

「いわぬか」

音次郎は強く伊平次の襟をつかんで引き寄せた。

「……新居宿にある、大倉屋《おおくらや》という、旅籠で……おれたちを……待って……」

途切れ途切れにいった伊平次は、そこでがくっと首を垂れた。

近くの林で鳥たちが鳴き騒いでいた。周囲の林や山は西日に黄色く染まっていた。

音次郎が伊平次を横たえると、

「旦那さん」

きぬがよろめくように近づいてきた。

五

開け放された縁側の向こうには濃い闇が立ち込め、満天には星が散らばっていた。

音次郎ときぬは自宅に戻っていた。

風の音と梟《ふくろう》の声がするぐらいで、静かである。

だが、家のなかには重苦しい空気が漂っていた。おそらく音次郎が堅く口を結んだまま、さっきから一言も言葉を発していないからであろう。

きぬも何かいいたい顔であるが、音次郎と目をあわせると、開きかけた口を閉じてうつむくのであった。

「お茶を……」

きぬが注ぎ足した茶を、音次郎に差し出した。

「どうしたんです。さっきから黙り込んだままで……」

きぬが恐る恐る口を開いて、音次郎を見つめた。

「すまぬ。いろいろ考えなければならぬことがあるが、なかなかまとまりがつかぬのだ。それよりも、おれもきぬも……」

途中で言葉を切った音次郎は、やるせなさそうに首を振って茶に口をつけた。

「それより、何でしょう？」

「今日ほど我が身を嘆きたくなったことは、これまでなかった。牢に入れられていたときも、我が身を嘆きはしなかった。しかし、今日は嘆かずにはいられない。人はそれぞれだろうが、恵まれた人生を送れる者とそうでない者がいる。その違いはいったい何であろうか？　人は公平でなければならぬ。だが、この浮世はそうではない。高貴な家に生まれ落ちれば、それなりの幸せがある。貧乏な家に生まれれば、それだけ苦労を強いられることになる」

「…………」

「だが、それは問題ではない。金持ちの家に生まれようが貧乏な家に生まれようが、それぞれに苦労はつきまとうだろう。ひょっとすると、我が身に降りかかった身の不運というのは、生まれる前から決まっているのかもしれぬ。それは逆も然《しか》りだろうが……」

「…………」

「どんな人間であれ、その者の生涯には光と影がある。闇のなかから生まれ落ちてきたとき、人ははじめて明るい光を目にするが、しかし、生を受けたその刹那から生まれる前の闇に向かって生きてゆくだけなのではないか。何と生きることとはむなしいのだ」

「まさか……」

小さくつぶやいたきぬは、瞳を瞠っていた。音次郎はその瞳を凝視した。行灯《あんどん》の明かりに照り映えるきぬは美しかった。

「生きることを、あきらめると、おっしゃるんじゃないでしょうね」

きぬは言葉を切ってつづけた。

「では、なぜそんなことといわれるのです。きぬはそんな感傷など聞きたくありません」

「……………」

「そんなことより、これからいったいどうすればよいのでしょう？」

きぬは言葉を重ねた。

「もうこの家に住んでいることも、この白須賀にいることもできないのではありませんか。生き延びるためには逃げるしかないのではありませんか」

真摯《しんし》な目で見つめてくるきぬを、音次郎は見返した。

たしかにそうであろう。そうだと思う。

しかし、逃げることで真の平穏を手に入れることができるだろうか。音次郎は自らへの問いかけを、胸の内で否定した。

「たしかに逃げなければならぬだろう。わたしは追ってきた徒目付と御先手組の捕り方を殺してしまった。たとえ、そこにどんなわけがあろうと、公儀役人を殺した罪を免れることはできぬだろう。これからのことはよく考えなければならないが、きぬは捕まえに来たあの徒目付たちから何か聞いておらぬか……」

「どんなことでしょう」

「どんなことでもいい。あの者たちと言葉を交わしているなら、覚えていることをすべて聞かせてくれ」

きぬは視線を泳がせて、関口伊平次が口にしたことをかいつまんで口にしていった。

音次郎は息を詰めたような顔で、真剣に耳を傾けていた。

「……関口というあの目付がそういったのだな。きぬは伊豆守様の恩情が与えられ、命長らえることができると……そういったのだな」

「はい、そのようなことをいいました」

音次郎は表の闇の彼方に見える星を見た。

きぬにはかすかながらの光明が射しているのかもしれない。しかし、関口伊平次のいったことをすべて信じてよいかどうか、疑問に思う。

あの男は安心させるようなことを口にして、きぬが気を抜いたところでばっさり斬り捨てるつもりだったのかもしれない。

それにしてもなぜ、越中守定信は職を免じられたのかと考える。その真相など自分にわかろうはずがないとすぐ気づくのだが、音次郎は越中守の後継者になったという松平伊豆守信明のことを考えた。

おそらく自分ときぬを牢屋敷から放免したことを、伊豆守も知っていたのだ。すると、囚獄が自分に与えた役目のことも知っていたことになる。そして、その役目は越中守の隠密の政策だった。

だが、越中守が失脚したとなれば、そのことを明るみにするわけにはいかない。露見すれば、越中守定信の補佐をしていた伊豆守の信が問われることになる。

自分の出世や保身のために上役や同輩、あるいは忠実な手下を裏切ることは、世の常である。可哀想なのはその犠牲になる者たちだ。人の運命が、権力を持つ者たちに左右されることは、なにもめずらしいことではない。

ならば、あの村垣も……。

音次郎は奥歯をギリッと嚙んで、唇を真一文字に引き結んだ。

「旦那さん、何を考えているんです？」

きぬの声で、音次郎は顔を戻した。

「……きぬ、逃げるのも一手であろうが、このままではいつまでも逃げつづけなければならぬ。……けじめをつける」

「……けじめ」

「明日、村垣重秀殿に会う」

音次郎はきっぱりというと、長々ときぬを見つめた。

六

風が強かった。

雲が急速な勢いで海から陸のほうに流れている。

家を出た音次郎は空を眺めてから、遅れてやってきたきぬをやわらかな眼差しで迎え、

「もうこの家に戻ってくることもなかろう」

と、視線を家に戻した。

きぬも振り返り、感慨深そうに眺めた。

二人で耕した畑が庭の隅にあった。音次郎が作った腰掛けが縁側の前にあった。雨漏りのする屋根をなおしたのも音次郎だった。

「長いようで短い住まいであったな」

音次郎はつぶやいた。

目をつむると、姉さん被りをしたきぬが、笊《ざる》や洗濯物を抱えて戸口を出入りする姿が瞼に浮かぶ。

「村の人や宿場でお世話になった方たちに挨拶もせずに……」

きぬが名残り惜しそうな顔で、音次郎を見た。

「うむ」

たしかに礼を失することだ。

「生きておれば、いずれ挨拶もできよう」

気休めかもしれないが、そういうしかなかった。きぬは黙ってうなずいた。

「では、まいるか」

二人は家を離れた。きぬは何度か住み慣れた家を振り返った。

街道に出て、そのまま汐見坂を下る。街道の松の向こうにさざ波の立つ青い海が広がっている。目を遠くに転じると雲の上に富士の頂《いただき》が霞んでいた。

二人は口数少なく坂を下った。

二人の荷は少ない。編笠を被った音次郎は、小さな振り分け荷物を肩にかけているだけだ。三度笠を被ったきぬも、小さな風呂敷包みを背負っているだけだった。

昨夜、音次郎は、「明日、けじめをつける」といった。

きぬはその真意を推し量っているようだが、音次郎が何を考えているのか、おそらくわかっていないはずだった。それでも深く穿鑿《せんさく》はしなかった。

「わたしは、何があっても旦那さんについていくだけですから……」

と、いつものように、しおらしく言葉を返しただけだった。

日はすでに高くなっているが、街道を行き交う人はそう多くなかった。土地の者と何度かすれ違ったが、見知っている者ではなかった。

新居の宿場にはいると鉤《かぎ》の手になっている棒鼻《ぼうばな》を過ぎて、西町の通りに出た。宿場には早朝のにぎわいがあった。

客を送り出す旅籠の女中や手代、開けた店の前を掃除する丁稚、暖簾をかける奉公人、近在の百姓たちが小さな市を立てていた。

村垣が宿泊している大倉屋はすぐにわかった。

「きぬ、話はすぐにすむはずだ。おまえは何もいわずに黙っていればよい。よいか」

「……はい」

きぬは緊張の面持ちでうなずいた。

旅籠の前に来ると音次郎は、一度大きく息を吸って吐きだした。暖簾をくぐろうとしたとき、出立する客が出てきて、玄関式台の上に三九郎の姿があった。首に手拭いをかけた楽な身なりだ。

洗面をすませたばかりらしかったが、音次郎に気づくと、「あっ」と小さな驚きの声を漏らして、下駄も草履も突っかけず、裸足《はだし》のまま飛び出してきた。

「旦那……」

三九郎は音次郎の手をつかむと、きぬに気づいた。

「これはおきぬさんも……」

「村垣さんはいるか？」

「へえ、いますが、旦那無事だったんですね。あっしはどうなっているのかと、気が気でなくて眠れなかったんです。無事でよかった、無事でよかったです」

三九郎は目に涙を潤ませていう。

音次郎の身の上に何が起きているか知っていたのだ。

「おまえもお藤も、知っていたのだな」

音次郎はにらむように三九郎を見た。

「村垣さんから聞かされて、いったいどうしてだと……ひどい話です。あっしは助太刀に行こうと思ったんですが、強く引き止められちまって……でも、よかった」

「村垣さんに話がある。旅籠では具合が悪い。この町の裏に八幡神社がある。その前で待っているので、村垣さんを呼んできてくれ」

「呼んでどうするおつもりで……」

三九郎が不安げな目で見返す。

「懸念することはない。大事な話をしたいだけだ。取り次げ」

「へ、へい」

三九郎が玄関に消えると、音次郎ときぬは西町の北裏にある八幡神社の前に行き、村垣が来るのを待った。

表通りと違いもの寂しいところだった。足許に木漏れ日がまだらを作っており、森閑とした境内の奥に楽しげな鳥の声がある。

ほどなくして村垣重秀が三九郎とお藤を連れて現れた。お藤の視線がまっすぐ音次郎に向けられた。その顔には安堵と不安の色が入り混じっていた。

音次郎はお藤の視線を外すと、顎紐《あごひも》をほどき編笠を脱いで、小さく叩頭《こうとう》した。

「ご無沙汰をしております」

音次郎の挨拶を受けた村垣は、無言のままそばに来て立ち止まった。

「生きていたか……」

そういった村垣を、音次郎は強くにらんだ。

七

「佐久間の旦那、無茶はいけねえよ。これには深いわけがあるんです」

三九郎が慌てた声をかけて、前に出ようとしたが、村垣がさっと腕をあげて制した。

「わたしは使い捨ての駒になった元罪人。もはやお上の意にそむく気はございません。だが、そのやり方が気にくわぬ」

音次郎は村垣の目をまっすぐ見ていった。

「人を体《てい》よく使い、用がすめば、邪魔者として死で報いるという魂胆は、あまりにも卑劣。いったい誰の指図で、このような馬鹿げたことを仕組まれた」

「仕組んだのではない」

村垣は強く否定した。

音次郎はぴくっと片眉を吊りあげた。

「この期に及んでのいいわけですか。わたしを討ちに来た関口伊平次なる徒目付より大方のことを聞き、おおよその推量はついていますが、村垣さんに与《くみ》してきた我が身が情けない。はらわたが煮えくり返るとはこのことでござるッ」

音次郎は語気鋭くいって、眼光をさらに強くした。

「佐久間さん、待ってください。お怒りは重々わかります。でも村垣さんは、佐久間さんの助命嘆願を必死にされていたんです。だから、浜松に入ることができず、見付宿で江戸から遣わされてきた、老中の使い番の説得にあたっておられたのです」

お藤が早口でまくし立てた。その顔はいまにも泣きそうになっていた。

「わたしの助命嘆願を……」

音次郎はお藤から村垣に視線を移した。

「すべては包み隠さず話す。だが、その前に関口らはどうなった？」

「……返り討ちにしました」

音次郎は少しの間を置いてから言葉を重ねた。

「わたしは徒目付と御先手組を殺した罪人です。それに、新たに老中筆頭に昇られた松平伊豆守の邪魔者。村垣さんはその伊豆守より命を受けられた人。よもやその命にそむくわけにはまいらぬでしょう」

カッと、村垣の目が見開かれた。

「何をいいたい？」

「いま、お藤がわたしの助命嘆願をされたと申しましたが、それは上辺《うわべ》のことでござりましょう。関口らを指図したのは、村垣さんではありませんか」

「違う、違うんです旦那。村垣の旦那は徒目付を助につけはしましたが、もとより旦那を討つ気はなかった……」

「三九郎、もうよいのだ」

音次郎は三九郎を遮った。

「いいわけもあろうが、よいのだ。関口という徒目付もいっていた。村垣さんがおれを討つことに気乗りしていないと。だが、村垣さんは老中伊豆守より指図をされた人だ。役目はまっとうしなければならない。そのことは重々承知している。そこで、村垣さん頼みがあります」

「何だ……」

「もはやわたしの逃げ場はないはずです。討ちに来た徒目付たちを殺してもいます。何もかも穏便にことを運ぶためには、道はひとつしかないはず」

「…………」

「わたしの首を差し出しますゆえ。どうかきぬだけは逃がしてやってください。このとおり……」

音次郎はさっと、その場に正座をすると、頭を下げた。

「旦那さん……」

きぬが驚きの声を漏らした。

音次郎はかまわずに村垣を見た。

「わたしの首ひとつで、ご老中の身も安泰になれば、村垣さんの顔も立つ。他にどんな術《すべ》がありましょうぞ」

音次郎はそういうと、大小を帯から抜いて、右脇に揃えて置いた。

「だめです！」

きぬが悲鳴じみた声をあげて、音次郎の隣に土下座した。

「どうか村垣様、旦那さんをお助けください。どうして、こんなひどい仕打ちを受けなければならないのです。旦那さんは必死にお役目を果たしてこられました。命を張ってのお役目でした。此度《こたび》も卑劣な盗賊を捕まえるために、手柄も立てていらっしゃるではありませんか。世の中のためにならない悪党ならいざ知らず、旦那さんがそんな人ではないということは村垣様もよくわかってらっしゃるのではありませんか。お願いです。どうかお許しください。それでもだめとおっしゃるならば、わたしの首も旦那さんといっしょに斬ってください」

必死の形相で訴えるきぬの両目から涙が溢れていた。

「わたしもお願いします」

今度はお藤だった。きぬと同じように土下座して、村垣に訴えた。

「佐久間さんを殺すことに何の得があるんです。老中が代わるたびに、人が死んだり助かったりするということはおかしいではありませんか」

「そうです。村垣さん、おれからもお願いします。頼みます。このとおりです」

三九郎も土下座をした。

「……三九郎」

音次郎は胸を打たれた。

きぬだけでなく、三九郎もお藤も味方をしてくれる。ただ、そのことだけでありがたいと思った。これまで生きてきてよかったと思った。知らず知らずのうちに胸が熱くなり、両目から涙が噴きこぼれた。

「……三九郎、お藤……おまえたちには関わり合いのないことだ。わたしの首を差し出せば、すべて丸く収まる。立ってくれ」

「佐久間さん」

お藤も頬を濡らしていた。

「旦那……」

三九郎は顔をくしゃくしゃにしていた。それはならねえと、涙声を漏らす。

音次郎は静かに村垣を見た。

「さあ、ひと思いにやってください」

「いやッ！」

きぬが腰に抱きついてきた。

「静かにしろッ」

突然、村垣が叱責するように鋭くいった。

全員、息を詰めて村垣を見た。

「佐久間、おまえは幸せ者だな。もっと早くおぬしと知り合っておけばよかったと、つくづく思い知らされた。それにおきぬという、よき伴侶に巡り合えたのも何かの因縁であろう。だが、おれは老中のいいつけを、ないがしろにするわけにはいかぬ」

音次郎は観念していた。いまさら思い残すことはない。ただ、きぬが安泰であればよいと思っているだけだった。

「……頭を下げろ」

村垣の声に、きぬは体を固めた。

お藤も三九郎も、目を瞠ったまま身動きしなかった。

音次郎はおとなしく頭を下げた。村垣がさらりと大刀を引き抜いた。

「よいか……」

音次郎は小さく顎を引き、目をつむった。下腹に力を入れる。

やがて、村垣の刀が近づいてくるのがわかった。さらに片手が頭に添えられた。その直後、刀が素早く引かれた。

ぽとり……。

と、音を立てて落ちたのは、音次郎の髷《まげ》であった。その直後、音次郎の髪がバラッと、ざんばらに垂れた。

はっと顔をあげると、村垣は何もいわず、元結《もっとい》のついた髷を懐紙に丁寧に包んで懐に入れた。

「佐久間、おぬしの命、これで頂戴つかまつった。何も首を持ち帰ることはないのだ。これで十分。ご老中にもいいわけは立つ。おぬしの思いやり、胸にしみた。礼を申す」

そういって小さく頭を垂れた村垣の目に光るものがあった。

「佐久間、おきぬ。よもや、これ以上追われることはないだろうが、これからは名を変えて生きるのだ」

「これでよいのだ。それで、行くあてはあるのか……」

村垣は手拭いで目のあたりをこすった。

「ありがとう存じます。行くあてはありませんが、京のほうへ向かうつもりです」

「さようか……達者で暮らすのだぞ」

「はは……」

音次郎ときぬは村垣の恩情に頭を下げた。

お藤と三九郎も村垣の思わぬ処置に胸をなで下ろしていた。

「それでどうやって京のほうへ？」

音次郎が乱れた髪を手拭いで覆って縛ると、村垣が聞いた。

「白須賀《しらすか》も二川《ふたがわ》もおそらく騒動になっているでしょう。これより峠を越えて、姫街道にまわろうと思います」

「うむ、それがよいだろう」

お藤と三九郎が途中まで送っていくといったが、

「いや、ここでよい。別れがつらくなるだけだ。いろいろと面倒をかけ、世話になった」

「村垣さん……」

と、音次郎はやんわり断って二人に頭を下げた。

なおも二人は何か口にしかけたが、音次郎はもう何もいうなと目で訴え、首を横に振った。お藤の目も三九郎の目も涙で潤んでいた。

「では、これにて。きぬ、まいろう」

音次郎ときぬはそのまま宿場の北に向かい、浜名湖沿いの山道に入った。

二人ともしばらく何も口にしなかった。

静かな山道を黙々と登るだけだった。胸の内にはいろんな思いがあった。音次郎はその思いを、一歩一歩足を進めるごとに忘れようと努めていた。

「旦那さん」

ふいにきぬが立ち止まった。

「なんだ……」

音次郎が振り返ると、眼下に穏やかな浜名湖が広がっていた。その水面に、きれいな富士が映っていた。

「あのずっと向こうが、わたしたちのいた江戸なのですね」

「うむ」

二人はしばらく浜名湖のずっと遠くを見ていた。

「京のほうへといわれましたが、ほんとに京へ……」

きぬが顔を戻した。

「一度京に上るのも悪くはない。それからあとのことはのんびり考えようではないか。なにも急いで生きる身の上ではないのだ」

「はい、そうですね」

「……きぬ」

「はい」

「あの峠こそが、わたしたちにとってほんとうの運命の峠かもしれぬ」

坂道のずっと上に、三本杉が立っていた。その上に白い雲が浮かんでいる。

「………」

「あれを越えるのだ。さあ、まいろう」

音次郎はきぬの手をつかんで歩きだした。

でこぼこした山道は険阻《けんそ》であったが、二人は苦にしなかった。

やがて、林道が切れ、あたりに明るい日の光が満ちた。

音次郎のいった運命の峠は、もうすぐそこにあった。


（完）

あとがき

人の生き様とはなんだろう――。

ときどきそんなことを考えることがある。十人の人間がいれば、十の生き方があり、それぞれにまったく違う人生がある。

しかし、「生き様」とは、辞書にもあるように、

――独自の人生観を持ち、それをつらぬき通して生きる姿――

であろう。

それはある意味、きちんとした死生観を持った人の生き方だと思う。しかし、得てして人とは何かきっかけがないと、そんなことを普段考えることはない。そのきっかけの多くは困難にぶつかったり、挫折を味わったり、突然の不幸に見舞われたときであろう。

そして、人はそのことで人生を大きく狂わせたり、また以前に増して飛躍する。ご

く平凡な人が、大成功を収めることもあろう。また救いようのない地獄の底に突き落とされることもあろう。どっちに転んでも、その人なりの生き様がある。

作家（わたし個人のことではあるが）はひとつの作品を書くにあたり、まず主人公にどんな生き様をさせるかを考える。

そして、この「問答無用」シリーズの主人公、佐久間音次郎には他にない人生を強いた。

音次郎はごくありふれた幕臣であった。おそらく出世も望めない普通の人であった。ところが、ある日、突然、妻子を殺されるという悲劇に見舞われる。

彼の人生がこれで狂ってしまう。下手人を一方的に決めつけて、すわ敵討《かたきう》ちだと同輩を斬り捨てる。しかし、下手人は他にいたのである！

つまり、被害者から一転して加害者になってしまうのだ。結局、死罪を申しつけられ刑の執行を待つ囚人となる。

ところが、人生とは摩訶不思議なもので、音次郎の及びもつかない権力が動き、牢屋敷から放免される。もちろん、これには足枷《あしかせ》がつく。

極悪卑劣なる外道を根絶するために、命を賭しながら隠密裡に動いてはたらかなければならないのだ。その役目をまっとうするために、日常の世話を焼く女をあてがわれもする。

それがきぬである。きぬもまた数奇な運命を辿《たど》ってきた女であったが、音次郎のために献身的に尽くすようになる。

これが物語のスタートだった。

それから、シリーズも巻を重ね八巻となった。そして、今回で物語に一応の決着をつけた。さて、最初に書いた「生き様」とはいったい何だったのであろうか？

懊悩《おうのう》しながら、力を合わせて生きるようになる命拾いした男と女——その二人の生き様を前面に出してはいないが、是非そのことをシリーズ全巻から拾い読み取り、感じていただきたい。

二〇一〇年夏

稲葉　稔

本書は2010年9月徳間文庫として刊行されたものの新装版です。

徳間文庫

問答無用

流《る》転《てん》の峠《とうげ》

〈新装版〉

2020年2月15日 初刷

著者 稲《いな》葉《ば》稔《みのる》

発行者 平野健一

発行所 東京都品川区上大崎三-一-一 目黒セントラルスクエア 〒141-8202 株式会社徳間書店

電話 編集〇三(五四〇三)四三四九 販売〇四九(二九三)五五二一

振替 〇〇一四〇-〇-四四三九二

印刷 製本 大日本印刷株式会社

ISBN978-4-19-894532-9 (乱丁、落丁本はお取りかえいたします)